— 書き下ろし長編官能小説 —

ふしだらな裏の顔

伊吹功二

竹書房ラブロマン文庫

目次

この作品は、竹書房ラブロマン文庫のために
書き下ろされたものです。

第一章　セピア色の聖女

うららかな日差しが心地よい春の午後のこと。スーツ姿の三上浩介《みかみこうすけ》は、外回りを終えて公園に立ち寄った。

「ひと休みしていくか」

歩き疲れて足が棒のようだ。彼は重い鞄を置き、ベンチに腰掛けた。

遊歩道の新緑は映《は》え、広場から遊ぶ子供たちの声が聞こえてくる。

「ふうーっ」

浩介は大きく息を吐き、伸びをする。気持ちがいい。

そこへ小型犬を連れた女性が近づいてきた。

「お隣に座ってもいいかしら」

「あ……ええ、どうぞ」

浩介は慌てて鞄を引き寄せ場所を空ける。

「ありがとう」

件《くだん》の女性は礼を言うと、犬のリードをベンチにつなぎ、腰を下ろした。

年の頃は四十歳前後だろうか。二十九歳の浩介からすれば年増ではあるが、ちょっと見かけないような美女である。

一方、どこかで会ったような気もするが思い出せない。

(取引先の社長の奥さん？　上司と行ったバーのママ？)

犬を連れているからには、この近所に住んでいるのだろう。浩介は懸命に思い出そうとするが、記憶にもやがかかったようで答えが出ない。

すると、ふいに女性の方から話しかけてきた。

「あなたが、今日ここに来るのはわかっていたわ」

「え……？」

虚を突かれ、言葉に詰まる浩介。

女性は尻を浮かせ、にじり寄ってきた。

「いつも外回りで大変ね」

「いえ、仕事ですから――」

どうやら相手は自分を知っているらしい。だが、浩介はどうしても思い出せない。

やがて女性は手を伸ばし、彼の太腿《ふともも》に触れた。

「だいぶ疲れているみたい」

甘い匂いをただよわせ、スラックスの上から念入りに脚を擦《こす》ってくる。

唐突な展開に浩介はとまどった。

「いや、あの……」

「でも男の人ってね、そのくらいの方がいいの」

しなやかな手は、徐々に股間へと迫っていく。

「疲れマラ、って知ってる？　浩介さん」

「あ、そこは……。なんで――」

見知らぬ女の愛撫に浩介はうっとりする。手は股間のふちで焦《じ》らすように蠢《うごめ》いていた。早く、もっと直接触ってくれ。羞恥《しゅうち》と興奮に苛《さいな》まれ、彼は自《おの》ずとベンチから腰を浮かせていた――

「――浩ちゃん、浩介ちゃん」

呼び声にハッとする浩介。夢だったのか。どうやら法事の最中に居眠りしていたらしい。

だが夢と同様、彼の太腿には女の手が置かれている。それは、隣に座った叔母・玲《れい》子《こ》の手であった。

「もう、浩ちゃんったら。船を漕《こ》いでいたわよ」

「お経が眠くてさ。子守歌みたいだったよ」

「疲れているんじゃない？　お仕事大変なの？」

荘厳な祭壇では住職が朗々《ろうろう》と経を唱えており、背後に並べられたベンチには列席する親族たちが静かに控えている。

二人は囁き声で会話を続けた。

「そんなに俺、ヤバかった？」

「急にビクッとしたかと思ったら、唸《うな》ったりして。驚くわよ」

浩介は、昔からこの叔母と仲が良かった。玲子は姉に当たる彼の母親より十歳も若く、叔母と甥というよりは、年の離れた姉弟のようであった。

そして四十四歳になる今も、玲子は女の色香を放っている。

「なんか寝言も言っていたわよ」

「本当？　何て」

浩介は答えながらも、太腿に叔母の温《ぬく》もりを感じていた。さっき起こすときに触れて以来、ずっと同じ場所にあったのだ。

(じゃあ、夢で見ていたのも玲子叔母さんの――)

見ていた夢が夢だったために、気恥ずかしさが胸にこみ上げる。

一方、玲子はそんな甥の思いなどつゆ知らず、同じ姿勢で続けた。

「寝言だもの。意味なんてわからないわ。いえ、とか、そこは、みたいな」

「ふうん」

だが、そのとき浩介は気付いたのだ。スラックスの股間が、ピンとテントを張っていることを。居眠りをしたせいで、朝勃《あさだ》ちと同じ現象が起きたらしい。

彼は慌ててジャケットの裾で前を隠した。

「ヤバ。母さんがこっちを見てる」

「本当だ。大丈夫、もうすぐお経も終わるわよ」

叔母は気付いていたのだろうか。最後にポンと彼の膝を叩くと、彼女を睨む姉にわざとらしく微笑《ほほえ》みを返すのだった。あるいは、気付いていて素知らぬふりをしてくれていたのかもしれない。

その後に行われた会食でも、叔母と甥の会話は続いた。上座の方では酒に酔った親族らが盛り上がるなか、あまり飲まない浩介は少し距離を置いて座を占めており、玲子もそれに付き合っている形だった。

「さっきも言ったけど、お仕事忙しいみたいね。大変なの？」

「まあ、外回りだからね。歩くのが商売みたいなもんだから」

「恋人は？　浩ちゃん、もうすぐ三十でしょう」

こうした親戚の集《つど》いでは、よくある話題である。だが、このとき浩介は恋人はおろか、二十九年間、女の体も知らない童貞だった。

「いや、まあその辺は適当にね……。もう少し仕事が落ち着いたら、って感じかな」

しかし、彼にも自尊心はある。相手がよく知る叔母だからこそ、お茶を濁しつつも虚勢を張ってみせる。

ところが、百戦錬磨《れんま》の玲子に通用するはずもなかった。彼女は若い頃から美しく、自分でも天与の美貌をフル活用し、次々と男を乗り換えてきた。四十歳で再婚した現在の夫は税理士で、肉親もやっと落ち着いたかと安堵しているが、そう簡単に男癖が直るわけもないとの見方もされている。

玲子はバッグからおもむろにスマホを取り出した。

「浩ちゃん、ちょっとあなたの携帯を出して」

「え。なんで？」

「いいから」

浩介が言われるままにスマホを出すと、彼女はＳＮＳアプリを開くよう指示した。

「最近、知らないＩＤからメッセージが来ていない？」

「あー、言われてみればあったかも」

普段、見知らぬ相手からのメッセージなど開くことはない。そういうのは大抵が詐欺メールだからだ。スマホ世代の浩介からすれば常識であった。

しかし、玲子はその一つを開くよう言った。

「ＬＯＶＥリンク、っていうのがあるでしょ」

「うん、あるね」

「マッチングアプリなのよ、それ。ダウンロードしてみて」

「いや、でも大丈夫なやつなの、これ」

「架空請求とかじゃないから安心して。ちゃんとしたアプリよ」

どうやら叔母はマッチングアプリを勧めているようだ。だが、女性経験のない浩介にとって、いくら安心安全と言われても、導入には心理的ハードルが高い。

しかし、玲子は熱心に説得を続ける。

「このアプリはね、出会うまでが早いのよ。気に入った相手がいたら、メッセージを一往復するだけで、すぐにマッチングできちゃうの」

「ふうん。でも俺、自分のプロフィールとかにも自信ないし」

「それも安心して。顔写真と名前だけでＯＫだから。顔写真だって、イヤなら加工しちゃってもいいのよ」

浩介は迷った。玲子はなぜこうも熱心に勧めてくるのだろう。

その迷いを見透かしたかのように彼女は言った。

「浩ちゃんはね、女に免疫《めんえき》がなさすぎるのよ。だからこういうアプリで後腐れなく、さくっと経験をしてみたらいいと思ったの」

信頼する叔母がそうまで言うなら、彼としても固辞し続ける理由はない。

「じゃ、まあ入れてみるだけなら。使うかはわからないけど」

「そうなさい。絶対にあとでよかったと思うから」

その場の勢いもあったのだろう。結局、浩介は叔母の勧めるマッチングアプリをダウンロードしてみることにした。

「ものは試しよ。大丈夫、あたしも使ってみたんだから」

玲子はさりげなく言うが、甥からすればなかなかの衝撃的な告白である。だが、親戚一同の前でそれを追及することはできなかった。

その日の夜、自宅に帰ると浩介は早速アプリに登録してみた。玲子が言うのでプロフィールは下の名前と年齢だけ、顔写真も載せなかった。

登録を済ませると、アプリ側から正式ＩＤが送られてきた。

「けど、こんなのでマッチングなんてできるのかな」

自分が逆の立場なら、こんな訳のわからない男と会おうとは思わない。

しかし、マッチングアプリ自体には以前から興味はあったのだ。会える会えないは別として、どんな女性が登録しているのかという好奇心はそそられた。

ＬＯＶＥリンクアプリの特徴の一つに、「相手を検索する必要がない」というものがある。あらかじめいくつかのアンケートに答え、プロフィールを載せると、あとはＡＩが勝手に異性の候補を教えてくれるのだ。

そして実際、彼のような適当なプロフィールでも、何人かの女性が候補として出されてきた。

「うわ、マジか」

引け腰だった浩介も、現実に女性のプロフィールが現れると、俄然前のめりになってくる。

そして、そのうちの一人に目を引かれたのである。

「祥子《しょうこ》、三十七歳の公務員か――」

年齢で言えば、彼より八つも年上だ。しかし、プロフィール画像がどことなく夢で見たあの女性に似ている気がした。ショートカットでやさしげな顔をした女性であった。何よりFカップというのがそそられた。

玲子の話では、登録する女性のほとんどが、カラダの関係を希望しているということだった。童貞の浩介からすれば、筆おろしのチャンスである。

「でもなあ、まさか――たぶん無理だろ」

あとはマッチング希望のボタンを押すだけだ。ダメ元でいいじゃないか。それでも胸の内は震え、なかなかボタンをタップできない。

「ええい、行っちゃえ」

最後は半ばヤケクソだった。叔母の熱心な勧めも背中を押した。画面をタップし、あとは待つだけ。ガチャみたいなものだ。当たるも当たらないも運次第だと思うことにした。

ところが、ものの三十分もしないうちに返事がきたのだ。

「え。ウソ……」

なんと相手もＯＫだという。浩介は夢を見ているような気持ちで、気付いたときにはデートの約束を取り付けていたのだった。


金曜日の夜、浩介は繁華街のある駅前に立っていた。例のアプリでマッチングした女性と待ち合わせるためである。相手が公務員ということで、この日時を希望してきたのだ。

「うう、緊張してきた」

約束の時刻より少し早く着いていた。彼はこの日のために仕事を調整し、万が一にも遅れるようなことのないよう準備してきたのだ。

落ち着かない気持ちで行き交う人の群れを眺める。祥子の顔はプロフィール画像で一応確認しているが、人混みのなかで見分けられる自信はない。

そこへＳＮＳにメッセージが届く。

〈着きました。ビールの看板の前にいます〉

祥子だ。浩介は顔を上げて、ビールの看板を探す。あった。人気俳優の顔がでかでかと写っている看板は、彼の右手十メートルほどに立っていた。

「よしっ」

気合いを入れ直し、浩介はそちらへと向かう。大勢がその前に立っているため、まだどれが目当ての女性かはわからない。

いた。写真と同じショートカットの女性が、春物のハーフコートを羽織って佇《たたず》んでいた。下は膝上丈《ひざうえたけ》のスカート、ストッキング脚にパンプスを履《は》いている。スマホを覗《のぞ》いているらしく、俯《うつむ》いているので顔はよく見えない。

浩介は、緊張で胸を高鳴らせながら声をかけた。

「あの……祥子さんですか。浩介です」

「はい」

女性がゆっくりと顔を上げる。

まるでスローモーションで見ているようだった。目、鼻、口と女性の顔の全貌が現れていくにつれ、朧《おぼろ》げだった記憶の糸がみるみるうちに繋《つな》がっていく。

「あっ……！」

「え――ウソ。三上くん？」

相手も驚いたようだった。それもそのはず、彼女は浩介の高校時代の担任教師・清《し》水祥子《みず》その人だったのだ。

あり得ない状況での再会に、しばらくは二人とも言葉にならない。

まさか清水先生が――。浩介は混乱する。どこかで見た気がしたのは道理だった。顔写真でわからなかったのは、おそらく画像が加工されていたためだろう。

ようやく口を開いたのは、年長者である祥子であった。

「驚いた。浩介って、三上くんだったなんて」

「え、ええ……。その、お久しぶりです」

「十年ぶり――もっとかしら。ずいぶんと立派になって」

マッチングアプリで昔の教え子と出会ったというのに、祥子は落ち着いている風に見えた。あるいは、気まずさを誤魔化そうとしているのかもしれない。

「そんなこと。清水先生こそお変わりなく」

最初の衝撃を乗り越えると、浩介にも懐かしさがこみ上げてくる。

祥子はスーツ姿の彼を上から下までつくづくと眺めた。

「見違えるようだわ。驚いちゃった」

「やめてくださいよ。俺だって、もう二十九ですよ」

浩介が高校生だった頃、祥子は二十五、六の若い教師であった。彼は当時からこの女教師に淡い憧れを抱いていたものだ。それが、現在は三十七歳。少し丸みを帯びただろうか。だが、そのぶん色香も増したように思える。

　駅前の雑踏のなかで、恩師と教え子は話し続けた。

「三上くん、いま彼女いないの」

「いるわけないじゃないですか。だからこんなアプリ——あ、すいません」

「いいのよ。あたしだって男を探しているんだから」

　祥子の口から、「男を探す」などというセリフが出てきたことが意外だった。浩介にとって、いまだに彼女は聖職者であった。

　十余年の月日に何があったのか。だが、彼女とて一人の女性であることは、三十手前になった浩介にも理解できる。

　ふいに祥子が一歩近づいてくる。

「ねえ、どこかゆっくりできる所で話さない？」

「え？　あ、はあ……」

「どうしたの。三上くん、赤い顔してる」

　笑顔で覗き込む彼女が眩《まぶ》しかった。柔らかそうな唇に吸いついてしまいたい。

　だが、女性経験のない浩介はあと一歩を踏み出せない。

「いえ、そうですね。なら、近くの喫茶店とか――」

口の中でもごもご言っていると、祥子は怪訝《けげん》そうに眉をひそめた。

「あら？　三上くんって、今まで何人くらいと経験あるの」

「あ。いや、それは……」

咎《とが》められたわけでもないのに、浩介は核心を突かれて身を縮める。

彼を十代から知る女教師は、その反応でピンときたようだ。

「もしかして、まだ？」

「――はい」

羞恥に赤面しながら彼は答える。清水先生に嘘はつけなかった。

すると、祥子はしばらく考えを巡らせているようだったが、やがて一つ頷《うなず》くと、おもむろに彼の手を取った。

「わかったわ。じゃあ、先生が教えてあげる」

「えっ……!?」

「三上くんも、今日はそのつもりだったんでしょう。きっとこれも何かの縁《えん》だわ。いいから先生の言うとおりにしなさい」

「はい、清水先生」

浩介は手の温もりにボーッとしながら、女教師に手を引かれ、繁華街のなかへと歩を進めていった。

まもなくして浩介は、薄暗い調光の小部屋にいた。生まれて初めてのラブホテルだった。しかも、そこには祥子もいるのだ。

「どうしたの。ほら、上着を掛けておくから」

手を差し出す祥子は、すでにハーフコートを脱いでいる。

浩介は言われたとおりにジャケットを脱いで渡すが、ずっと落ち着かないままでいた。

「こんな感じなんですね。思ったより狭いんだ」

「街中のホテルだものね。郊外へ行けば、もっと広いところもあるわ」

祥子は手慣れた様子で男物のジャケットをクローゼットに掛ける。

その仕草を眺めて浩介は思う。清水先生は、これまで何人くらいの男とこうしてラブホに来たのだろうか。記憶にある彼女とは、どうしても結びつかない。

(あの頃は、先生も今の俺より若かったしな──)

ふと高校生の頃を思い出していた。祥子が受け持つ現国の授業で、浩介は黒板よりも女教師の姿ばかりを追っていた。彼女の撥剌《はつらつ》とした声を心地よく聞きながら、肉体の隅々までを凝視して、あらぬ妄想に思いを馳せていたものだ。

　ことに祥子が黒板に向かったときが、視姦のチャンスだった。丸く張り出した尻は彼女がパンツスタイルのとき、とくに形がくっきりと浮かび、ときにパンティーラインが食い込んでいるのがわかるのだった。血気盛んな十代の浩介は、机に伏せてそのふくよかなヒップを眺めながら、下半身をギンギンに滾《たぎ》らせていた。

　だが、高校生の浩介にとって、祥子はしょせん遠い憧れに過ぎなかった。その彼女といま、ラブホに二人きりでいるのだ。

「音楽がうるさいわね。消しておきましょうか」

　その間にも、祥子はベッドに乗って、ヘッドボードのスイッチを弄《いじ》っている。膝をついた後ろ姿が欲情をそそった。

　しかし、浩介はまだ手をつかねて床に立ったままだった。

　有線放送を切った祥子が、振り向いて手招きする。

「三上くん、こっちにいらっしゃい」

「は、はい……」

　浩介は言われたとおりに彼女の横に座った。だが、遠慮がちに少し距離を開けている。傍目《はため》にも彼の緊張は伝わった。

ブラウス姿の祥子が語りかける。

「それで？　三上くんは、どういった方面に進みたいか決めているの」

彼の心をほぐそうというのか、彼女は進路相談のようなことを始めた。

その試みは、たしかに浩介の気を楽にした。慣れ親しんだ教師と生徒の関係を保つことが、初体験に怯《おび》える彼の口を滑らかにした。

「そうですね。文系に進みたいことは決まっているんですが」

「うん。あなたは国語の成績がよかったものね」

「清水先生の教え方がよかったんです」

「そう。うれしいことを言ってくれるのね――」

祥子は言うと、おもむろに顔を彼の耳元に寄せる。

「でも、いつも先生の体を見て、エッチなことを考えていたんでしょう？」

熱い吐息を吹きかけられ、浩介はビクンと震えた。

「うっ……。ごめんなさい、つい――」

「先生も、三上くんの熱い視線を感じていたわ」

「ああ、清水先生……」

「悪い子ね」

祥子は囁くと、耳たぶを嚙《か》んできた。

「はうっ」

「三上くんに見られて、先生も感じていたって言ったら驚く？」

「えっ。ウソでしょ」

「ねえ、先生のどこら辺を見ていたの」

浩介の腕に祥子の胸元が触れていた。ブラウスの襟元《えりもと》から覗く白い肌と、翳《かげ》りを宿した谷間が目に眩しい。

「そんなの俺、言えないよ」

童貞ならではの羞恥が口を重くする。

生徒の答えに女教師は不服そうだった。

「それじゃ赤点ね。ダメよ、ちゃんと答えなさい」

彼女は言うと、彼の鼠径部《そけいぶ》に手を這わせてきた。

服の上からとはいえ、女の柔らかい手つきに浩介は悶絶する。

「ハアッ、ハアッ。マズいよ、先生――」

「何がマズイの。ほら、さっきの質問は？」

「オ、オッパイです。清水先生のオッパイが当たって……」

ようやく答えた浩介だが、それは今まさに起きていることへの反応だった。

だが、祥子もうれしそうだった。

「そう？　先生のオッパイが好きなの？」

やさしく問いかけながら、マッサージする手が逸物《いちもつ》を捕らえた。

「はぐうっ」

スラックスの中で肉棒は、すでに痛いほど勃起《ぼっき》している。祥子の体からただよう甘い香りにクラクラするようだ。

一方、祥子も責めながら興奮してきたらしい。

「三上くん、逞《たくま》しくなったわね」

彼女は言うと、浩介の上に覆《おお》い被《かぶ》さってきた。

重たげな乳房が押しつけられ、色香を増した女教師の顔が間近にあった。

「せ、先生……」

「三上くんにキスしていい？」

「は、はい。俺――」

浩介が言い終わる前に唇は塞《ふさ》がれていた。柔らかい。

祥子は熱い吐息とともに唇を押し当ててくる。

「ん。三上くん、歯を開いて」

「ふぁい……んろっ」

浩介が言われたとおりにすると、熱い舌がねじ込まれてきた。

祥子は盛んに顔の角度を変え、舌同士を絡《から》みつかせる。

「三上くんも、もっと舌を出して——そう。上手よ」

「先生のベロ……ふぁぐ。るろっ」

初めてのディープキスに浩介はうっとりとして、自《みず》ら目を閉じていた。憧れていた女教師の甘い息を嗅ぎ、無我夢中で唾液《だえき》を啜《すす》り込む。

そうする間にも、祥子の手は勃起物を弄っていた。

「三上くんのここ、もうはち切れそうになってるよ」

「だって、先生が……。ぐふうっ」

「オチ×チン、舐《な》めちゃおうかな」

女教師の淫語《いんご》に頭がガンと殴られたようだった。そうでなくても乳房の温もりを胸に感じ、ストッキング脚を太腿に擦《す》りつけられているのだ。浩介はすぐにでも果ててしまいそうだった。

「清水先生、俺——」

「いいのよ。あなたはそのままでいて」

祥子は言うと、彼の上から退《しりぞ》いた。しかし、その手はスラックスのベルトを外し、瞬く間に下着ごとズリ下ろしてしまう。

まろび出た陰茎は、怒髪天《どはつてん》を衝《つ》いていた。

「すごい。大きいのね」

足下に屈んだ祥子が感心したように言う。

だが、浩介は褒められたことより羞恥が勝っていた。

「そ、そんなにジロジロ見ないでください」

「まあ、女の子みたいなことを言うのね。可愛いわ」

祥子は悪戯《いたずら》っぽく微笑み、人差し指で裏筋をつつ、と撫でる。

「はうっ」

それだけで浩介はビクンと全身を震わせてしまう。

敏感な反応に祥子はうれしそうだった。

「触っただけでこうだと、舐めたらどうなっちゃうのかしら」

そうして上目遣いになると舌を伸ばし、鈴割れに浮かぶ先走りを舐めてみせる。

「三上くん、こういうのも初めて？」

「はいっ……。あああ、清水先生がそんな――」

「こんな立派なモノを持っているのに、もったいないわ」

祥子は言いながら、今度は濡れた唇で太竿のあちこちにキスを浴びせた。

「ハアッ、ハアッ。ああ……」

「だけど、うれしい。わたしが三上くんの初物《はつもの》をいただけるのね」

そして、ついに丸く開いた唇が肉棒を呑み込んでいく。

(清水先生が、俺のチ×ポをしゃぶっている！)

快感と羞恥が浩介を責め苛《さいな》む。かつて夢見た光景が眼下に広がっていた。しかし、一日働いてシャワーも浴びていない逸物《いちもつ》である。臭くはないだろうか。ハラハラするような気遣《きづか》わしさが、さらにもどかしい愉悦《ゆえつ》となって駆け巡る。

だが、当の祥子は根元まで咥《くわ》え込み、肉棒を味わっていた。

「男の匂いがするわ。それにカチカチ」

嫌がるどころか、牡《おす》の淫臭を堪能《たんのう》しているのだ。

やがてストロークが始まった。

「んふうっ、じゅるるっ。三上くんのオチ×チン、美味《おい》しい」

「ハアッ、ハアッ。あああ、そんなに激しくされたら――」

「先生にこんな風にされたかった？」

「うぐっ。は、はい……ああ、清水先生エロい顔してる」

「エロい？　そうよ。だって、わたしも三上くんのを舐めたかったんだもん」

祥子は口中に唾液をたっぷり溜《た》めて、抉《えぐ》るように頭を上下させる。

「あっ、あああっ。先生、ヤバいよ」

初めてのフェラチオがもたらす快感は想像以上であった。まるで体が宙に浮き、どこにも支える術《すべ》がないようだ。自分の意思ではどうにもならない愉悦が、怒濤《どとう》となって押し寄せてくる。

「んふうっ。カリがこんなに張って」

「ダメです。もう出ちゃいますから」

突き上げる射精感に耐《た》えかねて、浩介は身を捩《よじ》らせようとするが、祥子にしっかりと押さえ込まれて逃げ場はない。

「じゅるっ、じゅぽっ。んんっ、オチ×チンがヒクヒクしてきたみたい」

「本当に、もう……我慢できない……」

「先生のお口に出していいのよ」

師の許しを聞いたとたん、抑制《よくせい》は解放された。

「出るっ！」

大量の白濁液《はくだくえき》が口中に放たれた。憧《あこが》れの女教師の口に射精する罪悪感と感動が、浩介の全身を官能で満たしていく。

一方、受け止めた祥子は落ち着いていた。

「んふうっ……」

青臭い汁を口に含《ふく》んだまま、徐々にストロークを緩《ゆる》めていく。

果てた浩介はしばらく何も考えられなかった。

「ハアッ、ハアッ、ハアッ」

「いっぱい出たわね。ほら」

やがて祥子は顔を上げ、口の中のものを手に吐き出してみせる。そうして微笑みかける聖職者の唇は、ヌルついた白濁で淫《みだ》らに輝いているのだった。

「汚れちゃったわね。お風呂に入りましょうか」

「はい」

祥子の提案で、二人は浴室へと向かう。

浴槽に湯を張る間、脱衣所で服を脱いだ。といっても、浩介はすでに下半身を丸出しにしている。すぐ全裸になった。

一方、祥子はまだ服を着たままであった。

「寒かったら先に入っていていいわよ」

スカートのホックに手をかけながら彼女は言うが、浩介は承知しない。

「いいよ。先生が脱いでいるところが見たい」

濃厚なフェラをしてもらい、ラブホに入室した頃の緊張は薄らいでいた。親密度は肉体の接触度合いに比例する。

祥子はスカートを脚から抜き取って言った。

「もう、しょうがないわね」

子供のわがままをたしなめつつ、満更《まんざら》でもないといった調子だった。

ベッドのある部屋と違い、脱衣所の煌々《こうこう》と照らす明かりの下、女教師は衣服を一枚一枚脱いでいく。

スカートの次はブラウスではなく、パンストだった。

「三上くん、お仕事は何をしているの」

「営業です。毎日、歩きっぱなしですよ」

「じゃあ、足腰が鍛えられるわね」

元担任は教え子の進路を訊ねつつ、ブラウスの裾に手を突っ込んで、ベージュのストッキングを下ろしていく。

太腿のむっちりした肉付きが、浩介の下半身を疼《うず》かせる。

「俺、高校通っていたときから、清水先生に憧れていたんですよ」

「そうなの？　どうして」

「どうして……って、そりゃあ――」

彼が返事に詰まったのは、照れや言葉を選んでいたからばかりではない。祥子の手が、ブラウスのボタンを外し始めたのを目にしたからだった。

その熱い視線は、当然祥子も感じているようだ。

「なぁに。そんなに見られたら、先生だってさすがに恥ずかしいわ」

「いえ、その……、プロフィールにあったから。Fカップって本当ですか？」

「やだ。そんなことだったの」

年上の女教師はクスクス笑いながらも、脱ぐ手を止めることなく、ブラウスをはらりと肩から抜いた。

「自分の目で確かめてごらんなさい」

乳房は薄紫のブラジャーに包まれ、こんもりと盛り上がっていた。十七の夏、汗ばむ教室で遠い憧れだった女教師の膨《ふく》らみ。ときにノースリーブの脇から覗くなだらかな裾野に妄想を抱き、若い欲情を滾《たぎ》らせた思い出が蘇《よみがえ》ってくる。

そして今、往時より熟した聖女が全てを白日のもとへと曝《さら》す。背中のホックを外し、カップを両手で支えるようにして取り去ったのだ。

「二十代の頃と比べたら、あんまり自信ないんだけど」

祥子はそう言いながらも、裸の乳房を隠そうともせず曝け出していた。

かたや浩介は、感動と興奮で鼻息を荒くする。

「先生の……清水先生のオッパイ……！」

本来なら、何か褒めるようなことを言うべき場面だが、童貞の彼にそんな余裕はなかった。

「触ってみていいですか？」

「うん。少しだけね」

承知した祥子からすれば、手で揉《も》まれることを想定しただろう。

ところが、彼はちがった。許しを得るなり、いきなり抱きつき、谷間に顔を埋めたのだった。

「うわあ、先生っ。いい匂いがする」

浩介は彼女の体を抱きしめ、柔乳を頬《ほお》に擦りつける。

「もう、三上くんったら」

「柔らかい。それに——ああ、あったかくて」

女の体臭に包まれ、浩介は幸せだった。無我夢中になり、片方の乳房を手でもぎ取ると、中心の突起にむしゃぶりついた。

「んぱっ。先生のオッパイ、オッパイ」

「んっ。ダメ、どうしたの？　いきなり……」

たしなめるような声も、浩介にとっては甘美な響きに思われた。うっすらと残る香りはボディーソープか、服の柔軟剤だろうか。だが、その下に祥子自身の肉体から発する個性的な匂いが感じられる。

しかし、やはり彼の行為は直情的に過ぎたのだろう。

「三上くん、やめて。ちょっと待ってちょうだい」

口調こそ優しいままだが、祥子は両手で彼の顔を引き剝《は》がそうとした。

興奮した浩介も、その意外な力強さにハッと我に返る。

「ぷはあっ——。ごめんなさい、つい」

「いいのよ。ただ、そんなに焦《あせ》らないで。まだ時間はあるんだから」

「はい。そうでした」

「うふ。いいお返事。じゃあ、先に入ってお湯を止めておいて。わたしもすぐに行くから」

祥子は言うと、頬に軽くキスをした。

厳しくも甘やかしてくれる女教師の指導に従うのは、幸せだった。浩介は重苦しい下半身を抱えながら、ひと足先に浴室へ向かった。


浩介が浴槽に湯が張ったのを確かめていると、全裸の祥子が入ってきた。

「どう。お湯加減は」

「ええ――」

浩介は上《うわ》の空で答える。生まれて初めて女の裸体を目《ま》の当《あ》たりにしたのだ。しかも、相手が祥子となれば、感動もひとしおである。

「じゃあ、まずは洗いっこしましょうか」

祥子も彼の視線は十分意識している様子だが、年長者らしく事を進めていく。風呂桶でざっと湯を浴びてから、ボディーソープを手に取って泡立て始めた。

「ほら、何してるの。こっちに座って」

「あ、はい……」

浩介は言われたとおりに椅子に座る。彼女に背中を向けた形だ。しかし、目の裏には祥子の股間が、萌《も》え繁《しげ》る恥毛が焼き付いたままだった。

（あの奥に、清水先生のオマ×コが――）

考えるだけでもムラムラが収まらない。割れ目が見たい。

しかしその間にも、祥子はソープを泡立て手に取っていた。

「先生が洗ってあげるね」

彼女は言うと、片膝ついた姿勢で背中に泡を塗り始める。

「どう？」

「気持ちいいです」

女のしなやかな手が肌を滑っていく。

「普段もね、こうして手で優しく洗うのがいいのよ。タオルでゴシゴシ擦ったりなんかしちゃダメ」

祥子は話しかけつつ、両手を背中から肩、腕へと滑らせ、やがて脇腹へと這わせていった。

「ひゃっ、くすぐったい」

「うふふ。敏感ね」

他愛もない会話が浴室に響く。二人きりだった。

やがて祥子の手が太腿へと伸びる。

「いっぱい歩いて疲れているんでしょう」

「ええ、まあ……」

「何かマッサージみたいなものは受けているの？」

浩介の眼下では、祥子の手が腿の内側を這っていた。

「ふうっ、ふうっ。いえ、特に──」

「まだ若いものね。一晩寝れば、すぐ元気になっちゃうんでしょう」

やがて両手は中央で出会い、逸物をまさぐりだした。

「ハアッ、ハアッ……っくぅ」

「こっちもまた元気になっているみたい」

指摘《してき》されるまでもなく、肉棒はとっくに勃起していた。

祥子は泡塗《あわまみ》れの手で硬直を包み込み、その下にある陰嚢《いんのう》もマッサージした。

「先生。そんな風にされたら俺──」

「イッちゃう？」

いつしか祥子の声にも淫らな響きが含まれている。

女教師の手淫は気持ちよかった。このまま果ててしまいたい。股間は盛んに解放を訴えかけるが、浩介の欲求はその先にあった。

「ストップ。俺にも先生を洗わせて」

すんでのところで愛撫を押しとどめる。すると、祥子も素直に従った。

「うん。なら、お願いするわ」

「やった」

浩介は嬉々として立ち上がり、祥子と位置を入れ替える。

バスチェアに腰掛けた熟女の後ろ姿が目の前にあった。

「たくさん泡立ててちょうだいね」

「もちろん」

彼はポンプからボディーソープを出して、手のひらで泡立てる。おまけに自分の体にまといついた泡もそこへ付け足した。

そして真っ白な背中に両手を這わせる。

「すごい。スベスベだ」

「そう？　最近、乾燥がひどいんだけど」

「ううん。こんなにツルツルした肌に触れるの、初めてです」

彼の言葉に嘘や誇張はなかった。これまで自分の肌の感触など意識したこともないが、女のそれはまるで別物であることはわかった。「絹のような」とはよく言うが、まさにその通りなのだ。

「こんな風に清水先生に触《さわ》れるなんて、夢みたいです！」

「三上くん。背中だけじゃなくて、他も洗ってちょうだい」

「あ、はい」

初めの手触りに感動して我を忘れていたようだ。彼は答えると、両手を肩の方へ、そしてまた下げて脇腹へと這わせていく。

「うふっ。やっぱり腋《わき》はくすぐったいわね」

祥子が一瞬ビクンとして嬌声をあげる。

だが、浩介はそれどころではない。腕を回し、平らな腹を擦っていた手は上へと向かい、Ｆカップのたわわな乳房を目指していたのだ。

やがて手のひらが、ぷるんとした重みを支える。

「柔らかい」

「ん。そこは優しくして——そう。丸く円を描くように」

「こうですか」

祥子の指示に従い、浩介は乳房の形を確かめるようにマッサージする。

「上手よ、三上くん」

「先生……」

たっぷりと泡を塗りつけながら、彼の指は中心の尖りをつまむ。

「あんっ」

「清水先生、これ——勃《た》っているの？」

コリコリとした感触が指先から伝わってきた。硬く締まっているようだ。

すると、祥子は深くため息をつきながら言った。

「そうよ。感じたら誰だって勃つの。三上くん、あなたもね」

「男の乳首も勃つんだ」

女教師の授業はいやらしくも楽しかった。童貞の生徒にとっては、全てが新鮮な驚きだ。

だが、浩介の脳裏には、先ほど一瞬だけかいま見た茂りが残っていた。

「ふうっ、ふうっ」

無意識に息を荒らげながら、彼は右手を下ろしていく。下腹部ですら、その感触はあまりに柔らかく、童貞の脳幹をダイレクトに刺激した。

やがて指先が茂みに触れた。

「んっ……」

祥子がわずかに息を漏《も》らす。生徒の手つきはいかにも覚束《おぼつか》ないが、それでも欲情しているのか、待ち構えるように何も言わなくなっていた。

(清水先生のオマ×コが——)

ましてや浩介においては言わずもがな、である。長年妄想するだけだった女の陰部に、直《じか》に触れるのだ。しかも、それが元担任教師のものとなれば、感動はひとしおだった。

ぬるり。指は割れ目に滑り、ぬめりを感じた。

「濡れてる」

「んんっ。わかる?」

「ええ……。ああ、すごい。こんなに中まで——ヌルヌルしている」

明らかにボディーソープの滑りとはちがう。指にまといつくヌルつきは、祥子の体内から湧き出たものだった。

「これが先生の……オマ×コ」

「あんっ、そこをもっとクチュクチュして」

背中を向けた祥子は浅い息を吐きながら、淫らな注文をつける。

言われるまでもなく、浩介は夢中で指を動かした。

「すごい、ビラビラしたのがある」

「わかる？　そこが小陰唇っていうのよ」

「じゃあ、この上にあるのは何ですか？」

「そこは——ああっ、クリトリス。一番感じちゃうところよ」

ぷっくり膨れた肉芽は、小指の先ほどもあった。勃起しているのだろう。

だが、勃起しているというなら浩介の肉棒も負けていない。いきり立った逸物は痛いほどに猛《たけ》り、竿肌に青筋を立てていた。

「ハアッ、ハアッ。清水先生——」

浩介は愛撫しながらもたまらなくなり、体を寄せて勃起物を祥子の背中に押しつけた。

「ああん、三上くんったら」

祥子も感じている。それは確かだ。

肉棒を背中に擦りつけながら、浩介は切ないまでの劣情に襲われる。

「先生っ。俺、清水先生のここに……ああ、もう我慢できないよ」

「オチ×チンを挿《い》れたいの？　先生の、オマ×コに」

「うん。お願い」

「ベッドに戻るまで待てない？」

「待てない。待てないよっ」

募《つの》る欲望が遠慮の壁を取り払っていた。もし、これ以上焦らされるなら、彼女の背中に果ててしまうだろう。

しかし、そうはならなかった。

「わかったわ――」

祥子は言うと、すらりと立ち上がってこちらを向いた。

「三上くんもほら、立って」

「は、はい」

浩介も言われたとおりにする。二人とも立つと、当然だが彼の目線が高くなる。

女教師はトロンとした目つきで彼を見上げていた。

「オチ×チン、挿れていいよ」

言いながら、逆手《さかて》で肉棒を握る。

それだけで浩介の背筋に快楽が駆け抜けた。

「ううっ、清水先生……」

「三上くんが腰を落としてくれないと、挿れられないわ」

どうやら彼女は立ったままでしようというらしい。

浩介は、言われたとおりに軽く膝を曲げた。

「こ、これでいいですか？」

「ん。そうね。じゃ、あとはこれをこうして――」

そう言って祥子は脚を開くと、手にした硬直を花弁に導き入れていく。

今にもはち切れそうな亀頭が、生暖かいぬめりに包まれた。

「はううっ」

「んふうっ。もっと奥まで挿れていいのよ」

「は、はい……。うはあっ」

蜜壺は何の抵抗もなく、太竿を受け入れていた。とはいえ、感触がまるでないのとはちがう。ヌルついた膣壁は肉棒をみっちりと包み、粘膜の繊細絶妙な圧力で竿肌を刺激してくるのだ。

「ううっ、俺のチ×ポが清水先生の中に入ってる」

「そうよ。根元まで——ああ、あたしの中が三上くんでいっぱい」

淫語を口走る祥子の顔も蕩《とろ》けていた。十年も前に卒業したとはいえ、自分の教え子を咥え込んだ女教師の肉体は、罪深いまでに淫らであった。

「三上くん、下から腰を突き上げて」

彼女の要求に浩介は従った。

「うふうっ。こう——ですか？」

「あんっ、そう。その調子よ」

実際のところ、童貞の腰使いは拙《つたな》かったに違いない。しかし、祥子は生徒のいいところを見つけ、褒めて伸ばす教師であった。

「上手。最初はゆっくりでいいの」

「はい——ふうっ、ううっ、気持ちいいです」

「あたしもよ。三上くんのが、中で擦れるの」

「ああっ、清水先生……」

ぎこちないながらも、浩介は懸命に腰を振る。学生時代には、教卓と生徒の席との距離はあまりにも遠かった。担任教師を女として見ることさえ、罪深く思われたものだった。それが今、自分の怒張をブチ込んでいるのだ。これが興奮せずにいられるだろうか。

「ハアッ、ハアッ、あああ先生──」

反《そ》り返《かえ》った肉棒が熟した蜜壺を抉《えぐ》る。

祥子も愉悦に浸《ひた》っていた。

「んふうっ、んんっ。ああ、奥に当たってる」

「こんなの……こんなに気持ちいいの初めてだよ、先生」

「そう？　三上くんがそう言ってくれると、先生もうれしいわ」

彼女は言うと、両手で彼の顔を引き寄せ、舌を絡ませてきた。

浩介はその甘い息を嗅ぎ、唾液を貪《むさぼ》る。

「清水先生のエッチな顔……いやらしいカラダ」

「三上くんだって。とってもエッチな顔をしているわ」

「ずっと俺──昔から先生とこうしたかった」

「悪い生徒ね」

泡だらけで睦み合う恩師と教え子。激しい息遣いが浴室に響き、結合部はぬちゃくちゃと淫らな音を立てていた。

「んああっ、ダメ……」

　すると突然、祥子が感じ入った声をあげて身を反らした。そのせいでバランスを崩し、後ろに倒れそうになる。

「先生、危ないっ」

　浩介は焦る。だが、すぐ後ろの壁に祥子が手をついたため、事なきを得た。ホッと息をつく。

「ビックリした。コケちゃうかと思った」

「ごめんね。三上くんのオチ×チンが、あんまりよかったから」

　憧れの女教師にそんな風に言われたら、男冥利《みようり》に尽きるというものだ。

「ああああっ、清水先生っ」

　たまらず浩介は抽送《ちゆうそう》を再開する。壁の支えがあるので、むしろ具合はよくなった。

　祥子も悦《よろこ》びの声をあげる。

「あんっ、すごい。どうしちゃったの、急に」

「だって先生が……ハアッ。先生がエッチだから」

「んああっ、あたしも感じちゃう。ステキよ、三上くんっ」

　祥子は喘《あえ》ぎ、彼の頭を抱きかかえた。

女の匂いに包まれ、浩介は幸せが一気に高揚する。

「あああっ、先生っ。俺、もうイッちゃいそうだよ」

ぬめる媚肉《びにく》が太竿にまといつき、盛んに射精を促《うなが》してくる。セックスとは、こんなに気持ちいいものなのか。彼の頭は真っ白になっていた。

すぐそばで祥子の声がする。

「いいのよ。気持ちいいなら、先生の中に全部出して」

なんと中出ししていいと言うのだ。許しの言葉に浩介は頭をガンと殴られたような衝撃を受けた。

「本当に——いいの？　あああっ、俺もう」

「イイッ、いいわ。熱いのを出してっ」

「うはあっ、先生ーっ」

がむしゃらに腰を振り、本能の命ずるままに肉棒を抉り込んだ。

「あんっ、あっ、すごいいっ」

「先生っ、清水せんせ——ぬはあっ、出るうっ！」

二度目とは思えないほど大量の精液が吐き出された。背徳を犯したという中出しの暗い悦びが、浩介の全身を満たしていく。

「うはあっ」

「んんんっ」

媚肉で受け止めた祥子も、絞り出すような声をあげる。

「ハアッ、ハアアアッ、ハアッ――」

めくるめく官能に包まれたまま、やがて抽送は収まっていった。ついに成し遂げたのだ。二十九年間の童貞生活ともおさらばだった。

感動に満ちた浩介が見つめる先には、祥子の火照《ほて》った笑みがあった。

「とっても良かったわ。卒業、おめでとう」

「清水先生――」

浩介は恩師への感謝と、狂おしいほどの愛欲に、ちょっと泣きそうになる。

その思いを悟《さと》ってか、祥子はあえて体を離し、年長者らしく言った。

「ほら、男の子なんだからしっかりして。あたしはもう少し洗いたいところがあるから、三上くんは先に上がって待っていてちょうだい」

「はい、先生。そうします」

風呂から先に上がった浩介は、ベッドでぼんやりと感動に浸っていた。

（俺は、清水先生とセックスしたんだ）

かつてのクラスメイトたちの顔が浮かび、一人悦《えつ》に入る。祥子に欲望を覚えていたのは彼だけではなかったのだ。これまで二十九歳にもなって童貞であることに引け目を感じていた彼だったが、今日で全てが報《むく》われた気がしていた。

そこへ祥子が戻ってくる。

「お待たせ——あら、そんな所に寝っ転がったりして。疲れちゃった？」

「いえ、とんでもない。少し考え事をしていただけです」

全裸の浩介は跳ねるように起き上がる。二回果てたが、まだ欲望はあった。浴室から出てきた祥子がバスタオルを巻いているのを残念に思うほどだ。

彼の反応を見て、祥子は楽しそうに笑った。

「三上くんは元気ね——。ね、喉《のど》が渇かない？　ビールでも飲みましょうか」

彼女は言いながら、備え付けの冷蔵庫に向かう。

「あ、そうですね。俺もいただきます」

そして祥子が缶ビールを二本買い、ベッドで乾杯となった。

「けど、うれしいわ。こうして三上くんと飲めるなんて」

「俺もですよ」

浩介は言うと、冷たいビールを喉に流し込む。

「いい飲みっぷり。結構イケる口なの」

「いえ、実はあまり強くないんです。でも、今日は特別な日だから」

「そう……。そうね」

祥子は成長した教え子を微笑ましく眺めながらも、どこか別のことを考えている様子であった。

やがてその理由を彼女自ら切り出した。

「実はね、あたしもうすぐ転勤するの」

「え……。本当に？　どこへ？」

「四国の方に。実家があるのよ」

祥子によると、故郷で農業を営んでいる母親が体調を崩したため、父親の世話もあって帰ることになったという。

「両親ももう年だし、妹は海外に嫁いでしまったから。あたししかいないのよ」

「そうなんですか――」

都会育ちで、まだ両親も若い浩介にはピンとこない話だった。だが、一つだけ確かなのは、祥子が遠くへ行ってしまうことへの寂《さび》しさだった。

「じゃあ、清水先生とはもう会えなくなっちゃうんですか」

マッチングアプリが引き寄せてくれた偶然から、せっかく再会できたというのに、もうこれきりとは納得できない。祥子の立場を考えれば、いかにも子供じみたわがままだった。

しかし、祥子はそんな彼を責めたりはしなかった。

「でも、そのおかげで三上くんとこうしていられるんじゃない」

「……？」

浩介は彼女の言わんとする意味がわからずキョトンとする。

すると、祥子はビール缶をサイドテーブルに置いて、彼の顔を覗き込む。

「本当にわからない？」

「え……と。うーん」

「しょうがないな。なら、教えてあげる」

「すみません、お願いします」

祥子は頷くと、風呂で火照った体を擦り寄せて語り出す。

「まず、教師が教え子とこんな風な関係になったらマズいのはわかるわよね？」

「ええ」

「それが卒業生でも、学校はやっぱりいい顔はしないわ」

「そういうものなんだ」

浩介は相槌《あいづち》を打つが、バスタオルからこぼれ出る胸の谷間が気になっていた。

祥子は続ける。

「そりゃ例外はあるわよ。二人が真剣交際をして、結婚したりすればね。それでも周りに理解させていくには時間がかかるものなの」

つまり、現在こうして浩介とラブホにいることも、本来なら教師として望ましくないということだ。

しかし、祥子は言葉とは裏腹に、むっちりした太腿を彼の脚に絡みつかせてきた。

「ましてやマッチングアプリで出会うなんてもってのほか。こんなことが学校にバレたらクビになっちゃうわ……」

女教師の説明に浩介の胸が疼く。自分のせいで祥子が解雇されたりしたら、償いきれるものではないだろう。

一方、祥子の太腿の温もりが、気になって仕方がなかった。

「先生、俺——」

彼が口を開きかけると、祥子は安心させるように言った。

「だけど、ほら。あたしはもうすぐ引っ越してしまうでしょう？」

「あー、なるほど。仮に噂になったとしても――」

「そういうこと。あとは野となれ、ってね」

「もちろん俺はよそで喋《しゃべ》ったりしませんよ」

「わかってる」

ようやく浩介にも合点がいった。待ち合わせで祥子が彼を認めたときにも動揺しなかったのは、これが理由だったのだ。いずれにせよ転勤するなら、相手が教え子でも問題と思わなかったのだろう。

だが、彼女が遠く離れてしまう事実には変わりなかった。

「清水先生、俺――」

浩介は胸に迫るものを吐き出そうとするが、途中で祥子が指で彼の唇を塞ぐ。

「ストップ。もう決まったことなの」

「うん……」

「その代わりにね、今日は三上くんに女の人の悦ばせ方を教えてあげる」

彼女は言うと片肘を立て、バスタオルをはだけていく。眩しい裸身が露わとなり、浩介の股間を疼かせる。

「清水先生――」

「今日は二人だけの忘れられない夜にしましょう」

自《おの》ずと唇が重なり、舌が絡み合った。最初の頃と違い、浩介は積極的に舌を伸ばし、女教師の口中をまさぐった。

「ああ、先生……レロッ、ちゅぱっ」

もう二度と会えないと思うと、切なく苦しい。彼にとっては初めての人なのだ。甘い吐息ひとつが貴重に思え、彼は夢中になって唾液を貪った。

かたや祥子の舌使いにも、先ほどまでとはちがう熱が感じられた。

「三上くん、もっと奥まで――歯の裏を舐めて」

息を継《つ》ぐ間にキスの仕方を教えつつ、手は下半身に伸びていた。

陰茎を握られ、浩介は呻《うめ》く。

「むふうっ」

「三上くんも触って」

「ふぁい……」

舌を絡めながら返事をし、彼も祥子の割れ目に手を這わす。

そこはすでに洪水だった。

「んふうっ、んんっ」

「むふうっ、ちゅぱっ」

息遣いも荒く、二人は互いの性器を慰め合っていた。

すると、ふいに祥子が顔を離して言った。

「いつまでもあたしの言うとおりにするだけじゃダメよ。三上くんが、女の子をリードしてあげなくちゃ」

「はい……。でも、どうしたらいいのか」

「頭で考えすぎてはダメ。あなたはどうしたいの」

ベッドでも、やはり彼女は教師であった。教え子に筆おろししてあげただけでは飽き足りず、彼に男として独り立ちさせようとしているのだ。

濡れ秘貝を弄《いじ》りながら、浩介は自分の欲求を口にした。

「先生のオマ×コが舐めたい」

「それでいいのよ。して」

祥子は生徒の答えに満足したようだ。仰向《あおむ》けになると、自ら膝を立て門戸を開く。

浩介は逸《はや》る気持ちをなだめつつ、彼女の股ぐらに潜り込んだ。

「ああ、これが清水先生のオマ×コ――」

こんなに間近に見るのは初めてだ。ヌラヌラと濡れそぼる牝器《めすき》は、目にも鮮烈であった。ふっくらした周縁部には薄く毛むらが萌え繁り、その内側の粘膜はサーモンピンクが鮮やかにぬめっている。

そして中央に縮れたような花弁が息づいていた。

「先生っ」

たまらず浩介は秘部にむしゃぶりつく。

「むふうっ。べちょろっ、ちゅばっ」

「あんっ、三上くん激しい」

頭上で祥子が嬌声をあげる。その声を耳に心地よく聞きながら、浩介は無我夢中で割れ目に舌を這わせた。

「清水先生のオマ×コ、美味しい」

風呂に入った後で、匂いは淡い。しかし、念入りにねぶり続けていると、蜜壺から新たな牝汁が噴きこぼれてきた。

「あっふ……んああっ、いいわ。上手」

折々に祥子は喘ぎを漏らしながら、自らも腰をヒクつかせ、女性器を押しつけるようにした。

するうち、徐々に匂いも濃くなってくる。浩介にも愛液の質が変わってくるのがわかった。

「先生と、ずっとこうしていたいよ」

トロみを増してきた汁を啜りながら、浩介は口走る。牝汁の匂いは想像していたものとは違ったが、そのリアルな生臭さこそが劣情をそそった。

「あっ、イイ……ねえ、クリちゃんも吸って」

やがて祥子が注文をつけてくる。何もかもが初めての相手では、まだ必要な指導であった。

実際浩介も、指摘されて初めて気付いたのだ。

祥子の目立つ肉芽は、ウブな彼にもわかりやすかった。ドーム状にぷっくり膨れ、包皮がめくれているのもはっきり目視できる。

「はい——びちゅるるるっ」

尖りを思いきり吸うと、とたんに祥子は激しく喘《あえ》いだ。

「あひいっ、イイイーッ」

「ここが、感じるんですね」

敏感な反応を目の当たりにし、浩介はうれしかった。自ずともっと感じさせたいと思い、口に含んだ尖りを舌先で転がした。

「みちゅう……レロレロレロレロ」

「んはあっ、ダメッ——そのまま。あああーっ」

祥子の反応はめざましかった。逃れようとでもするように背中を反らしながらも、一方では太腿の筋肉が力《りき》み、思いきり彼の頭を締めつけてくる。

凄まじい力は、こめかみが痛くなるほどだった。だが、その痛みすらも喜ばしく、浩介は肉芽を吸い続けた。

(俺のクンニで、清水先生がよがっている——！)

自分の行為で祥子が淫らになっていくさまが興奮する。彼女が伝えようとしているのも、まさにこのことではないだろうか。

「みちゅるっ、ちゅぱっ、ちゅうぅぅ……」

「あっ、ああっ。ダメ、イッちゃう」

「先生っ。ああ、先生——」

「イイッ、んあああーっイクうううっ」

「ちゅぱっ、んぱっ」

「三上く——んあああーっ、イイイイーッ！」

祥子はいななくように喘ぎ、尻を宙に浮かせ、足を思いきり踏ん張る。そのまま一瞬制止したかと思うと、やがて魂が抜けたようにどすんと尻を落とした。

「ハアッ、ハアッ、ハアッ」

牝汁塗れの浩介が顔を上げると、ぐったりと横たわる祥子が懸命に息を整えているのが見えた。

「清水先生――？」

「よかった。先生、イッちゃった。あなた、舐めるのが上手みたい」

「本当ですか。先生にそう言われると、うれしいな」

浩介は初めて女をイカせた喜びに包まれ、しどけなく横たわる女教師の肉体を眺めながら陰茎をいきり立たせていた。

「今度はわたしの番」

絶頂から立ち直った祥子がむくりと起き上がる。フェラしようというのだ。

しかし、浩介は言った。

「舐めっこしたいよ、先生」

「いいわ」

するると、祥子も素直に受け入れて、彼の顔に尻を向けて跨がった。

浩介の眼前に濡れ光る割れ目があった。まだ舐め足りなかった。彼は首をもたげ、改めて女教師の牝臭を嗅ぐ。

「俺、今日のこと絶対に忘れません」

「あたしも三上くんのこれ、ずっと覚えておくわ」

祥子は言うと、肉傘を口に含んで吸った。

浩介に愉悦が走る。

「ぬおっ……」

だが、愛撫はすぐに止んでしまった。彼が不思議に思っていると、祥子は言った。

「ねえ、そろそろ『先生』はやめにしない？」

「え？……というと――」

「あなたも一人前の男になったのよ。だったら、あたしのことも女として扱《あつか》ってほしいわ」

祥子の言いたいことは、浩介にもわかった。彼女だって一人の女なのだ。

だが、十余年来の習慣を変えるのは、そうたやすいことではなかった。

「わ、わかりました。そうします」

素直に答えたものの、自信はなかった。

一方、祥子は彼の返事に満足したようだった。

「よかった、わかってくれて――。じゃあ、最後の思い出にいっぱい愛し合いましょう。ね、浩介」

彼女は言うなり肉棒を深く咥え込んだ。

「うはあっ」

浩介もたまらず女陰に鼻面《はなづら》を埋める。

「べちょろっ、ちゅぱっ」

「んふうっ、じゅるっ、じゅるるっ」

本格的にシックスナインが始まった。祥子は懸命にストロークを繰り出し、尻に埋もれた浩介は夢中で舌を這わせる。

(祥子っ、祥子さぁん!)

牝臭に包まれ、彼は祥子の名前を叫ぶが、声にすることができない。教師と生徒という関係から離れられず、何となく気恥ずかしいのだ。

かたや祥子は太茎をねぶりながら、対等な関係に持ち込もうとした。

「んふうっ、浩介の硬いオチ×チン美味しい」

「みちゅ、べちょろっ。はうっ」

浩介自身、「三上くん」ではなく、名前を呼ばれることに喜びを感じていた。学生の頃には絶対に使われない呼び方をされるのが、"清水先生"が"祥子"になったと実感できるのだ。

それでも心理的障壁は、なかなか超えることができない。その代わりに一所懸命に舌を働かせるのだった。

「はむっ。ぬちゃっ、レロレロレロレロッ」

「はひいっ、イイッ」

すると、ふいにフェラが止《や》んだ。祥子は喘ぎ、もはやしゃぶっていられなくなっていたようだ。肉棒を手で握り、尻をヒクつかせていた。

「んああっ、もうダメ。挿れて。これが、欲しいの」

彼女の方から挿入をねだってきたのだ。「舐めるのが上手」と言ったのは、どうやら単なるお世辞ではなかったらしい。

これが、浩介に少し自信を与えてくれた。

「俺も挿れたい」

「きて──」

祥子が仰向けになり、浩介は上に覆い被さった。

「いくよ」

「早くぅ」

鼻声でねだる祥子は愛らしく、浩介は肉棒をいきり立たせて突き入れた。

「ハアッ、ハアッ、ハアッ」

「あっふ……あああっ、イイッ」

すぐに祥子は悦楽の表情を浮かべ、身悶えだした。

浩介はその顔を見下ろしながら、これまでにない愉悦を覚える。初めての正常位は、彼に牡の本能を目覚めさせていく。

「ハアッ、ハアッ。おお……締まる」

「あんっ、ああっ、いいわ。浩介も感じる？」

「う、うん。たまら——ぬふうっ、祥子おっ」

めくるめく快楽に酔い痴れ、いつしか彼は彼女の名を呼んでいた。

祥子はすぐに反応する。

「ああっ、うれしい。もっと言って、浩介っ」

「祥子っ、気持ちいいよ、祥子っ」

名前を連呼するたびに、体の奥底から歓びが湧いてくる。憧れた女教師を組み伏せよがらせていることが、征服感となって欲情を燃え上がらせた。

それは祥子にとっても同じようだった。

「あひぃっ、いぃの。浩介のオチ×ポが奥に当たって——イイイッ」

悦楽に喉を枯らし、行き場をなくした手がシーツをつかむ。

Fカップの胸が揺れていた。浩介はたまらず身を伏せてむしゃぶりついた。

「びちゅるるるっ、むふうっ。祥子っ」

「はひっ。ダメ、浩介。イッちゃう」

「俺も。俺もイキそうだよ」

「イッて。浩介のを全部出して」

「祥子ぉぉぉっ」

「イクううーっ」

凄まじい愉悦とともに、大量の精液が蜜壺に放たれた。同時に祥子も身を仰《の》け反《ぞ》らせ、足先をピンと張って絶頂を貪る。

「はひぃっ、イイッ……」

さらに彼女は二度三度、全身を震わせながら頂点を味わい尽くす。

蜜壺が痙攣《けいれん》し、肉棒は最後の一滴《てき》まで搾り取られた。

「ぐふうっ……」

そうしてゆっくりと鞘《さや》を収めるように抽送《ちゅうそう》がやんだ。やがて肉棒が退いたあとも、しばらく花弁は息づくように、白く濁ったよだれを漏らしているのだった。

ホテルを出る頃には、深夜になっていた。別れのときがきたのだ。

「最後に三上くんと出会えてよかったわ」

「うん、俺も。さようなら、清水先生」

浩介は、立ち去る祥子をいつまでも見送っていた。童貞を卒業できた喜びと、別れの寂しさで複雑な心境だった。

「ありがとう、先生」

後ろ姿が見えなくなると、彼はようやく帰宅の途につくのだった。

第二章　寝取られ女と兄妹

　筆おろしを果たしてから、浩介は仕事にも張りが出てきたようだった。男として一皮剝《む》けたというのだろうか。以前なら焦ってミスしてしまうような場面でも、一旦立ち止まって考える余裕が出てきたのだ。

　そんなある日、彼は会社で上司に呼び出された。

「何でしょうか、課長」

「おう、三上。最近、頑張ってるみたいだな」

「ありがとうございます」

　滅多に褒めない上司に労《ねぎら》われ、浩介は嫌な予感がする。また面倒なことでも押しつけられるのではないだろうか。

　ところが、そこには別の人物もいた。

「高崎《たかさき》くんだ。三上も知っているだろう」

　課長に紹介された女子社員は、進み出るとペコリとお辞儀した。

「高崎未央《みお》です。この春まで人事部にいました。よろしくお願いします」

「あ、ああ。よろしく――？」

　浩介はとまどいつつ会釈を返す。人事部の子がなぜ？

　その理由は課長から明かされた。

「このたび高崎くんは、我が営業部に異動となった。本人たっての希望でね――というわけだ、三上。今日からお前の下に付けるから、一人前の営業マンにしてやってくれ」

「よろしくお願いします、三上先輩。一所懸命頑張ります」

　つまり、浩介は教育係に任命されたのだった。唐突な出来事にとまどいは拭《ぬぐ》えないが、可愛い女子社員と常に一緒に仕事ができることに、浮き立つ気持ちもあった。

「ちょうど隣のデスクが空いているからさ、高崎さんはここを使ってよ」

「はい。ありがとうございます、先輩」

「いいんだけどさ、その『先輩』っていうのやめてくれないかな。いかにも体育会系っぽくて苦手なんだ、俺そういうの」

「あ。すみません、気をつけます。せんぱ――じゃなくて、三上さん」

未央は受け答えも素直で、撥剌としていた。彼女がいるといつの間にか周囲も明るくなってしまう、そんなタイプの娘だった。

今日は初日ということもあり、午前中は社内で営業のオリエンテーションをした。浩介も教育係など初めてで勝手がわからなかったが、自分が昔先輩からやってもらったことを思い出しながら、なんとか手探りで進めていくのだった。

「——とまあ、営業の流れはこんなところかな」

「はい……。ありがとうございました」

未央は熱心にメモを取りながら、浩介の説明に耳を傾けていた。性格も明るく人懐っこいし、この分ならすぐに立派な戦力になりそうだ。

「ちょっとひと息入れようか」

「はい。じゃあ、わたしお茶を入れてきますね」

「あー、いいよ。そんな気を使わなくて。最初からそんなに飛ばすと、途中で息切れしちゃうぞ」

「優しいんですね、三上さんって」

「え。いや……」

「でも、やっぱりそうさせてください——っていうか、実はわたしも喉が渇いちゃったから」

「そうか。なら、お願いするよ」

「はいっ」

元気よく返事すると、未央はいそいそと給湯室へ向かう。

浩介はその後ろ姿を見送りながら、やはり浮き立つ気持ちを抑《おさ》えきれない。

そもそも未央の存在は知っていた。彼女が入社したのは二年前。当時、「可愛い新入社員が入ってきた」との噂が走り、浩介の耳にも届いていた。しかし、彼女が配属されたのは人事部であり、一介の平営業部員に過ぎない彼にはお近づきになるチャンスなどなかった。

それが突然の異動で同僚となり、しかも彼女の教育係に任命されたのだ。まったく運命はどう転ぶかわかったものではない。

やがて未央がお茶を持って戻ってきた。

「お待たせしました。熱いから気をつけてくださいね」

「うん、ありがとう」

湯呑みを受け取った浩介は、さり気ない風を装《よそお》って未央を眺める。人事部にいたときは会社の制服を着ており、それはそれで似合っていたが、今のスーツ姿も捨てがたい。スタイルの良さが際立《きわだ》つようだ。

ほとんどの営業部員が出払ったフロアは静かだった。

「ところでさ、不思議なんだけど、なんでこんな中途半端な時期に異動になったの？」

浩介は内心疑問に思っていたことを口にした。

すると、未央はお茶をひと口啜ってから言った。

「ずっと希望していたんですけど、なかなか通らなくて。春の人事が落ち着いてからということで、やっと叶《かな》ったんです」

「ふうん」

理屈はわかるが、どこか釈然としない。いや、時期に関してはその通りなのだろうが、そもそもがなぜ営業部なのだろう。

「だけど、人事部と言えばエリートコースじゃない」

浩介がさらに追及すると、未央は初めて口ごもった。

「ええ、まあ……。ですけど、それは男性の場合かと――」

「あー、そうか。ごめん」

「いいえ、いいんです。ただ、わたしの場合、入社したときから営業志望だったんです。だからやっとというか……」

「確かに。高崎さんは、どっちかと言うと営業向きかもね」

「本当ですか？　うれしい。三上さんにそう言ってもらうと」

一瞬とまどう様子を見せた未央だが、すぐに元の明るい笑顔に戻っていた。


それから浩介と未央は、同行して外回りするようになっていた。

「S電子の課長さんって、いつもあんな感じなんですか」

得意先から出てくるなり、未央が言い立てる。

浩介は並んで歩きながら聞き返した。

「あんな感じ、って？」

「なんかネチネチして嫌味っぽいというか、粗探《あらさが》しみたいなことばかり仰《おつしや》ってて」

「あー、なるほどね。あれはさ、ああいう人なんだよ。最初は俺もイライラさせられたけどね。別に悪気があるわけじゃなく、慎重な性格なんだよ」

「ふうん。そうなんですか——」

「そう。だから、高崎もいちいち真に受ける必要ないから」

毎日一緒に行動することで、二人の仲は近づいていった。

外回りの移動は電車だった。駅まで向かう途中、広い公園があり、そこを通ると近道であることを浩介は知っていた。

緑が濃くなり始めた並木道を未央と並んで歩く。

(こんな風に彼女とデートできたら楽しいだろうな)

あらぬ妄想を浮かべる浩介。だが、それ以前に未央には男がいるのだろうか。彼女に嫌われたくないばかりに、いまだに聞けずにいるのだった。

「うーん、気持ちぃーい」

いきなり未央が伸びをしながら深呼吸する。

浩介はやれやれといった口調でたしなめた。

「おいおい、子供じゃないんだからさ。勘弁しろよ」

だが、内心ではそんな彼女の無邪気さが好きだった。人目を気にしがちな彼には真《ま》似《ね》のできない、こだわりのなさが羨ましくさえあったのだ。

すると未央は二歩ほど進み出て、くるりとこちらを向いた。

「浩介先輩もやってみましょうよ。気持ちぃーいですよ」

笑顔で促すように腕を突き出すポーズを取る。社内や取引先では「三上さん」で通していたが、それ以外の場所では「浩介先輩」呼びが、いつの間にか通例になっている。浩介もそれを受け入れていた。

「やだよ、恥ずかしい」

「何でですか。ラジオ体操やってたでしょう、昔」

「小学生の頃にな。もう大人だろうが」

頑なに拒む浩介に対し、未央は睨む真似をする。

「うー、そんなことを言う奴は……」

「おい、何だよ。やめろって」

身構える彼女を見て、浩介は足を止めて後ずさる。

次の瞬間、未央は彼の脇腹をくすぐってきた。

「頑固な浩介先輩なんか、こうしてやるぅ」

「うひゃっ。やめろって、マジで。そこは弱いんだ」

くすぐったさに身悶える浩介は、必死に彼女の攻撃を振り払おうとした。

未央は彼の苦しむ様子にうれしそうだった。

「本当に敏感なんですね、浩介先輩」

「馬鹿。息が止まるかと思っただろ」

攻撃がやんでホッとしながらも、浩介は少し残念にも思っていた。これではまるでカップルじゃないか。

頭では、あくまで彼女らしいコミュニケーションのあり方に過ぎないとわかっている。しかし、こうして同じ時を過ごすにつれて、浩介は未央に心惹《ひ》かれていくのを感じていた。


会社では未央との関係を育《はぐく》む一方、浩介は相変わらずマッチングアプリも利用していた。

今回の相手は、デパートで働く化粧部員とのことだった。

平日の夜、浩介はターミナル駅で待ち合わせをする。午後八時の約束だったが、相手は二十分ほど遅れて現れた。

「浩介さん？　ごめんなさーい、レジを締めるのに手間取っちゃって」

栗原楓《くりはらかえで》は、化粧部員らしく派手な出《い》で立ちであった。明るい色の髪は緩くウェーブがかかり、濃いめのメイクがハッキリした目鼻立ちをより華美に見せている。

何より彼女は二十七歳と、浩介より二つ年下であった。

「いや、俺もさっき着いたところだから。楓さん、だよね？」

「もう、今日は週の中日だっていうのに、珍しくお客さんが多かったのよ」

販売員らしく、まだ客前のテンションが冷めないのか、楓はこちらの問いを無視して言いたいことを口にした。

「それより早く移動しましょう。ここだと同僚に見られちゃうから」

確かに言われてみれば、彼女が出てきたのは、すぐ横にあるデパートの通用口からだった。

「そうなんだ」

「少し飲まない？　近くに知っているバーがあるの」

「え。いいけど――」

のっけから完全に向こうのペースだ。浩介は少し気後《きおく》れしながらも、彼女の後についていく。

連れて行かれたのは、地下にあるこぢんまりしたバーだった。

「じゃあ、とりあえず乾杯」

「うん、乾杯」

浩介はグラスを合わせ、カクテルに口をつける。甘い。あまり飲まない彼は注文も彼女にお任せだった。

一方、楓は最初の一杯をジュースのように飲み干してしまう。

「ぷはぁ。美味《おい》し。やっぱり仕事の後の一杯は最高ね、お代わり」

「最初からそんなに飛ばして大丈夫？」

浩介は不安になってくる。今夜はいったいどうなることか。祥子とのときのようにはゆきそうになかった。

楓は美人だった。化粧が上手《うま》いせいもあるだろうが、スタイルもよく、スツールに腰掛ける姿がさまになっている。ノースリーブのニットにカーディガンを羽織り、タイトスカートから伸びる脚が色っぽい。

だが、いくら見た目がよくても、絵に描いた餅では意味がない。

(もしかすると、今日は飲むだけで終わっちゃうのかな)

祥子との経験ですっかりその気になっていただけに、浩介は気勢が削がれる思いだった。考えてみれば、そう毎回上手く行くわけもないのだ。

それからも楓はグラスを重ね、いい心地に酔ってきたようだった。

「ねえ、さっきからあたしばっかり飲んでるじゃん。浩介も飲みなよ」

「飲んでるよ。ただ、俺そんなに強くないんだ」

可能性が薄いなら、見栄《みえ》を張る必要もない。浩介は正直に答えた。

すると、楓はカウンターに頬杖をつき、こちらをジッと見つめてきた。

「そっか。ま、あたしに合わせて無理に飲むことないもんね」

絡み酒になるかと思ったが、意外に楓は無理強いしてこない。

ここでようやく浩介も、彼女に何か酔いたい理由があるらしいと覚った。

「でも、今夜は付き合うよ。楓さんは好きに飲んでいいから」

もはやセックスはないものと諦め、すでに気持ちは切り替えていたのだ。

しかし、その余裕が楓の舌を滑らかにした。

「実はさ、ついこないだ男を盗られたんだ」

「え――」

「スマホ見ちゃったあたしも馬鹿だけどさ、二年も付き合ってたんだよ」

それで彼女が呷《あお》るように飲む理由がわかった。寝取られて失恋したのだ。

「そうなんだ」

楓は淡々と続ける。

「それも笑っちゃうの。その相手の女っていうのが、あたしの親友だったんだから」

「そんなことが……。気の毒に」

話にはよく聞くが、女性経験の少ない彼には未知の世界だった。

どうやら今日は湿っぽくなりそうだ――浩介が思い始めたとき、楓の語調ががらりと変わる。

「しょーもない話はやめやめ。今日は飲もう」

空元気なのか、彼女はグラスを勢いよく干すと、彼の腕を握ってきた。

「ホテル行こうよ」

「えっ……？」

あまりの急展開に浩介はとまどう。

楓は構わず続けた。

「エッチしよ。浩介もそのつもりで来たんでしょ」

辺りも憚《はばか》らない声に、思わず浩介はバーテンダーを見やる。しかし、カウンターの男は素知らぬ顔でグラスを磨《みが》いていた。さすがプロに徹している。

「とにかく出ようか」

ともあれ浩介は、酔った楓を連れて店を出ることにした。


空気のこもった地下室から出ると、外は夜風が肌に気持ちよかった。

当初浩介は、酔っ払いの扱いに難儀《なんぎ》するかと思ったものの、意外に楓はしっかりとした足取りで歩いた。

「その通りに入って。そこにいいホテルがあるから」

「うん、わかった」

すっかり諦めていただけに、浩介は急展開にまだとまどっていた。明るく振る舞う彼女の本心がわからない。

「あったぁ。あそこ。ピカピカ光ってるでしょ」

楓は彼の腕にもたれかかり、ネオン輝く看板を指した。

ともあれここまで来たのだ。浩介は覚悟を決めてラブホテルの入口をくぐる。

受付でもエレベーターでも、楓はずっとしがみついたままだった。肩に羽織ったカーディガンがはだけ、白い二の腕が目に眩《まぶ》しい。少し乱れた髪からは、甘いシャンプーの匂いがした。

「三〇三号室。ここだ」

親友に男を寝取られ、失恋したという彼女。自暴自棄《じぼうじき》になっているのだろうか。浩介はどっちつかずの中途半端《はんぱ》な思いのまま、個室の鍵を開けた。

「着いたぁ」

部屋に入るなり、楓はパンプスを脱ぎ捨てて室内へと駆け込んでいく。

「やっぱ酔ってんなあ」

ひとりごちながら浩介も靴を脱ぎ、彼女の後を追う。

部屋は意外に広かった。西欧風の造りで、瀟洒《しょうしゃ》な城館の寝室のようだ。女性が好むのも理解できる。

すると、楓が駆け寄り抱きついてきた。

「浩介ぇ〜」

すっぽりと胸に納まる女の体は柔らかかった。カーディガンは脱げており、ピッタリしたニットの膨らみが押しつけられている。

「抱いて。滅茶苦茶にしてほしいの」

「か、楓さん……!?」

こんな時、男としてどうしたらいいのだろう。迷いながらも浩介は、なまめかしい肩に触れた。

やがて楓が顔を上げて、潤《うる》んだ瞳で見つめてきた。

「ん」

唇を突き出し、キスのおねだりだ。

グロスに光る唇が色っぽい。浩介の胸に衝動が突き上げるが、まだためらいがあった。失恋の弱みにつけ込んでいるような気がするのだ。

すると、楓は焦れったくなったらしく、背伸びして自ら唇を押しつけてきた。

「んん……ふぁむ」

すぐに熱を帯びた舌が入り込んでくる。

こうなれば浩介も拒む理由はない。

「楓——さん」

楓の舌使いは激しく、熱がこもっていた。顎の裏を這い、あるいは彼の舌を巻き取って、うねうねと蠢いた。

それと同時に、彼女の手が浩介の股間をまさぐってくる。

「むふうっ、楓……レロッ」

「浩介のここ、ムクムクしてきたよ」

浅い息を吐きながら、楓は煽《あお》るようなことを言う。

たまらず浩介も彼女の腰を抱き寄せる。

「ちゅばっ、じゅるるっ」

唾液を啜りながら、股間に血流が集まってくるのを感じていた。

すると、今度は楓がズボンのベルトに手をかけてきた。

「もう我慢できないよ。しよ」

彼女の迫る勢いがあまりに激しく、思わず浩介は後ずさる。

「マジで？　……おうっ」

腰の辺りをしたたかにぶつけたのは、後ろに腰高のチェストがあったためだ。

楓は舌を貪りながら、いつの間にか彼のパンツを下ろしてしまう。

「すごい。大きいの」

「うぐっ……」

膨張した逸物を逆手で扱《しご》かれ、浩介は呻く。なんて淫らな女だろう。

「ねえ、あたしのも触って」

「う、うん……」

もはや迷っている場合ではない。浩介は彼女の内腿に手を這わせ、タイトスカートの中に潜り込ませる。

パンティーの裾から忍び込んだ指が、濡れた秘貝に触れた。

「あふうっ」

「もうこんなに――ビチョビチョだ」

「浩介のも、カチカチだよ」

浩介がチェストに腰を預ける恰好で、互いの秘部を慰め合う。

割れ目はねっとりと湿り、花弁を弄るとくちゅくちゅと淫らな音を立てた。

「あんっ、イイッ。浩介、あたしもう我慢できないよ」

「お、俺も……ぐふうっ」

「浩介のこれちょうだい。オマ×コに挿れて」

楓は熱い息を吐き、腰をくねらせながら淫語を口走る。牝汁はパンティーの裾からこぼれ、内腿にまで伝い落ちていた。

「もうこんなの邪魔。いらないわ」

彼女は言うと、自ら下着を脱ぎ下ろす。しかし一時も離れたくないのか、手で膝までズリ下げると、あとは脚の動きだけで落ちるに任せた。

「早く挿れて」

もはや服を脱ぐのも厭《いと》わしいのだろう。彼女はスカートをまくり上げる。真っ白な下腹部に茂る恥毛が黒々と輝いていた。

浩介は息を荒らげていた。まるで外国映画のようだ。部屋に入るなり、たまらず立ったままでする。一度は諦めかけていただけに、興奮もひとしおであった。

「ハアッ、ハアッ。楓さん――」

「イヤッ、楓って呼んで」

「楓……」

「ああん、浩介っ。硬いので掻《か》き回して」

浩介も立位はすでに経験済みだ。祥子と筆おろしのときに風呂でしている。だから、要領もわかっていた。膝を軽く曲げ、彼女の高さに合わせる。

「あっ」

「ぬうっ」

粘膜が触れ合った途端《とたん》、硬直は蜜壺に吸い込まれていた。

楓はウットリとした顔を浮かべる。

「奥まで入ってる」

「ふうっ、ふうっ」

浩介は浅い息を吐き、腰を落とした体勢で身構えていた。

まさに一触即発。先に動いたのは、楓だった。

「ああん——」

ジッとしていられなくなったのか、腰を揺り動かし始める。

その衝撃は浩介にも伝わった。

「おうっふ。楓さ……ううっ」

「ああっ、硬いのがわかる」

「ぬおっ……締まる」

振幅は大きくないが、締め付けがすごかった。牝襞《めすひだ》は太茎をみっちり咥え、無数の凹凸で劣情を煽った。

「ハアッ、ハアッ」

全身を包む快楽に浩介は息を切らせる。背中のチェストに体を預け、時折天を仰ぐようにして神経を集中させた。

楓は失恋の痛手を忘れようと無我夢中で腰を振る。

「んああっ、イイッ。これ、好き」

恥骨を突き出す下卑《げび》た姿勢で悦びを貪っていた。スカートは腰上までまくれ上がり、白い下腿部が丸出しだった。

「あっ、あああっ」

熱い息を吐く唇が悩ましい。

たまらず浩介は口で塞いだ。

「びちゅるるっ、楓――」

「んふうっ、浩介。ちゅるれろっ」

互いの呼気と唾液が交換される。街で出会っていたらすれ違うだけの二人が、マッチングアプリを介したために、恥じらいも忘れて体液のやりとりをしているのだ。冷静に考えれば、実に異常な事態ではある。

しかし、肉交の悦びに燃える彼らには関係がなかった。

「もっとちょうだい」

「うはあっ、楓っ」

「突いて。奥まで」

求める楓はなおも迫る。

「おおっ……」

浩介は押され、いつしかチェストに腰掛けていた。

「楓も、おいで」

「うん」

家具の上は意外に広く、彼が壁にもたれて座り、その上に楓が膝をつくだけの余裕があった。

「このまま最後まで行こうよ」

楓はほくそ笑むと、肉棒の上に腰を落とした。

「んあぁっ」

「おうっ……」

すぐにピストンが始まる。変形の対面座位だ。楓が腰を動かすたび、ぬちゃくちゃと湿った音が鳴った。

「ハアッ、ハアッ、ハアッ」

「ああっ、イイッ、んふうっ」

激しく乱れる楓の体が火照ってきた。耳から首筋辺りを桜色に染め、媚肉が蠢きだしたのだ。

その衝撃は肉棒にも襲いかかる。

「あっふう。マズ……出そう」

「いいよ。出して。あたしも——はひいっ」

「うああぁっ」

浩介も背中を支えにガツガツ突き上げた。

楓が昇り詰めていく。

「あっ、あっ、あっ、ダメ……イックうううーっ！」

息んだ緊張が媚肉を収縮させ、浩介も限界を迎えた。

「おおうっ、出る……」

「はううっ」

中で射精されると、楓はビクンビクンと体を痙攣させるのだった。


本能のままに交わり、同時に果てた後には穏やかな時間が流れていた。

「ずっと溜まってたから、スッキリしちゃった」

ベッドにしどけなく横たわる楓は言った。寝乱れたニットとスカートはまだそのままである。ただし、スカートは股の付け根までまくれ上がり、愛液に塗れた割れ目は見え隠れしている。

かたや浩介は仰向けになり、下だけ脱いだ状態だった。

「俺もよかったよ。結構激しいんで驚いたけど」

バーではすっかり諦めていただけに、この交わりは僥倖《ぎょうこう》であった。失恋したばかりの女性が感じやすいというのも初めて知った。

ここで終われば、何の問題もなかったのだ。

ところが、一発抜いてホッとした浩介が余計なひと言を口にする。

「今さらなんだけどさ、楓さんのこと、どこかで見た気がするんだ」

ほんの軽口のつもりだった。実際、楓はそれを聞いても、キョトンとするだけだったのだ。しかし、彼女も言われて気になったらしく、記憶の糸を辿《たど》るようにしばらく黙って考え込んだ。

そして、点と線が繋がったのだ。

「あ……」

楓の顔にみるみる理解の色が浮かんでいった。

「もしかして、恵里《えり》のお兄ちゃん!?」

「え？　……あ！」

浩介も言われて気付く。恵里というのは、彼の妹である。どこかで見たことがあると思ったのは、楓が恵里の友人だったからだ。たしかに実家で一、二度会った気がする。

だが、それだけなら少し気まずいが、ただの偶然で済む話であった。

「ウソでしょ。まさかあたし、よりによって恵里のお兄ちゃんと……」

楓の様子があまりに深刻だったので、浩介も不安に思い始める。

「え、っと。何かまずかったなら内緒にして――」

「違うよ。あたしの彼を盗った女が恵里なの！」

なんと寝取った牝狐こそが、浩介の妹だったというのだ。つまり楓は知らずにその兄と寝たことになる。あまりに過酷な偶然であった。

「ウソでしょ。信じらんない。なんで恵里の——クソッ」

混乱する楓を前に、浩介は途端に居心地が悪くなる。どちらが悪いわけでもない。彼も彼女も互いに知らなかったのだ。しかし、二人の間には動かしがたい事実だけが残っていた。

「俺、シャワーを浴びてくるよ」

浩介にできるのは、ひとまずこの場を逃れることだけだった。


浴室へ逃れた浩介がしたのは、まず浴槽に湯を張ることだった。

「どうなってるんだよ、まったく」

時間稼ぎだ。とにかく一度冷静になる必要があった。

脱衣所で服を脱ぎ、再び浴室へ。まさかマッチングアプリで出会った女が、妹の友人とは——しかも、妹がその友人の彼氏を寝取ったというのである。

「恵里のやつ、まったく何やってくれてるんだ」

シャワーで汗を流し、湯船に浸《つ》かる。本当はこんなことをしている場合じゃないかもしれないが、とにかく何かしなくてはいられないのだ。

その成果があってか、温かい湯に浸かると少し頭が回るようになってきた。

「それにしても恵里のやつ——」

考えるほどに腹立たしくなる。二歳年下の妹は、昔から浩介より大人びていた。今も兄が二十九になってやっと童貞を卒業したばかりだというのに、自分は親友の男を寝取るとはなんたる不埒《ふらち》な。

しかし、現在苦境に立たされているのは自分だった。

「このまま黙って逃げてしまおうか」

ふと可能性がよぎるが、そんなことを自分ができないのもわかっている。

すると、脱衣所から声がかかった。

「あたしも入っていい？」

楓だ。口調も穏やかになっている。どういう風の吹き回しだろう。

浴槽に浸かったまま浩介は曖昧《あいまい》に答える。

「いいけど……」

「ありがとう」

楓はひと言言うと、磨りガラスの向こうでゴソゴソやり始めた。

さっきまではあんなに怒っていたのだ。ほんの五分ほどの間に何があったというのだろう。浩介が思っていると、浴室の扉が開いて彼女が入ってきた。

「お邪魔しまーす」

申し訳程度にタオルで前を隠し、現れた楓は美しかった。もちろん全裸だ。一日中化粧品の香りが充満する屋内で過ごしている女の体は突き抜けるように白く、筋肉も無駄に発達したところはひとつもなかった。

浩介が見惚《みと》れていると、楓は洗い場でシャワーを使い始めた。

「さっきはごめんね。急に興奮したりして」

「いいんだ。俺もビックリしたから」

互いに正面を向き合っていないからこそ、素直な言葉が自然に出てくる。

楓は頭からシャワーを浴びながら言った。

「よく考えたらさ、いくら兄妹でも関係ないもんね。恵里は恵里。許せないけど、お兄ちゃんを責めても仕方がないのよね」

「実は、俺も初めて知ったんだ。恵里がそんなことをしてるって」

「だからいいの。忘れて——」

楓は顔も洗い、さっぱりしたらしく水栓を止めると、ようやく目を合わせた。

「あたしも入っていい？」

どうやら彼女は衝撃の事実を自分で乗り越えたらしい。詳しい事情は知らないが、女友達の男を寝取るような妹に比べ、なんとさっぱりした気性の娘だろう。浩介は改めて楓を見直していた。

「どうぞ。入りなよ」

彼が場所を空けると、楓は成熟した肉体も露わに向かい合わせで座る。

「あー、気持ちいいー」

「お湯、熱くない？」

「ううん、ちょうどいい」

湯に浮かんだ乳房が愛らしかった。大きさはそれほどでもないが、ぷりんと上向きの膨らみは形がよく、乳輪の色も綺麗だった。

浩介は欲望を覚えながら言った。

「でも、昔見かけたときに比べると、楓ちゃん綺麗になったよね」

「お兄ちゃんに会ったのって、五年前くらい？　もっと前だっけ」

「たぶん六年前くらい。俺が家を出て、初めての正月だったから」

「そっか。なら、あたしは二十一とか二か……。あー、あの頃は純粋だったな」

楓は湯に浸かるため、髪を後ろでアップにしていた。後《おく》れ毛のかかった白いうなじがセクシーだった。

「そうかな。今の方が魅力的だと思うんだけど」

初めて楓の全裸を目の当たりにし、浩介の股間は重苦しさを感じ始めていた。

かたや熱い湯でアルコールの抜けた楓もまた、目に妖しい光を湛《たた》えている。

「あたしもお兄ちゃん——浩介が、こんなに逞しいなんて知らなかったよ」

彼女は言うと前屈みになり、湯中の逸物を握ってきた。

目を見つめ、ゆっくりと竿を扱《しご》かれて、浩介は呻く。

「うっ……。楓ちゃん——!?」

「大きくなってきた」

逆手で手淫する楓の乳房が、浴槽の中でぷるるんと揺れていた。

たまらず浩介は腰を浮かし、水面から勃起した肉棒を突き出した。

「お願い。一度やってみたかったんだ、潜望鏡フェラ」

「せんぼう——何、それ?」

楓は知らなかったようで、浩介が耳学問で得た知識を語る。

「潜望鏡って、潜水艦から外を覗くアレだけど……。要するにしゃぶって」

本来はソープランドなどで使われるテクニックらしいが、エロ動画で見て試してみたかったのだ。

すると、楓はすんなり受け入れた。

「うん、いいよ——」

彼女は突き出された逸物を両手で支えると、舌を伸ばし、裏筋を根元から先っぽまでペロリと舐めあげた。

「おうっ……」

快楽が走り、浩介が息む。同時に肉棒がビクンと跳ねた。

楓はそれを口で追い、亀頭をパクリと咥えてしまう。

「ちゅるっ。んん、ダメ……」

逃がさないとばかりに喉奥深くしゃぶりついていく。

風呂ですでに血流の促進された太竿は敏感になっていた。

「うはあっ、ヤバ……」

「さっきよりも大きくなってない？」

楓は首を上下させながら、一度目のときと比べた。

浴槽の縁《ふち》に首を乗せ、腰を浮かせた浩介は身悶える。

「さっきは突然だったし……ハアッ、ハアッ。ああ、なんていやらしい顔でしゃぶるんだ」

「エッチな顔してる？　だって、オチ×チン美味しいんだもん」

楓はペニスを貪りつつ、愛おしそうに手で陰嚢《いんのう》をまさぐった。

恵里の兄と発覚したときは、もはやこれまでと観念した浩介だが、こうしてみると楓にはなんのこだわりもないようだった。あるいは、彼女は根っからの好き者なのかもしれない。

「ハアッ、ハアッ」

「本当に元気なオチ×チン」

「それは、楓ちゃんがエッチな舐め方をするから」

「そう？　でも、こんなにすぐビンビンにならないよ、普通」

彼女は言うと、思いきり肉棒を吸いたてた。

「びじゅるるるっ、じゅぽっ」

「はううっ」

愉悦に頭がクラクラするようだ。しかし、それは長く湯に浸かっているせいかもしれない。

「そろそろ出ようか」

湯あたりしかけたので、浩介は耐えきれず湯船から立ち上がる。

フェラが途中だった楓は不服顔だ。

「あーん、いいところだったのに」

「あんまり気持ちよくて、のぼせちゃいそうだよ」

浩介が洗い場に立ち、浴室から出ていこうとすると、楓が呼び止めた。

「待って。あたしもやってみたいことがあるんだ」

「え？」

「さっきは潜望鏡してあげたでしょ。今度はあたしの番」

そう言われれば、彼は納得するしかない。

すると、楓は片隅にあった風呂用マットを洗い場に敷いた。

「どうするの。そんなものを持ち出して」

「昔ね、エッチな動画を見てやってみたかったの。『泡踊り』って言うんだって」

「泡踊り、って……」

実は、浩介もあまりよく知らないが、耳にしたことはある。確かソープランドなどの風俗店でしてもらえるサービスのはず。嬢が全身泡だらけになり、男の体の上で舞い踊るように滑るというあれだ。

「エッチな動画とか見るんだ」

「何回かはね——ほら、浩介。マットに寝て」

「う、うん。わかった」

浩介は平然を装うが、胸の中は期待で弾《はじ》けそうなほどだった。

仰向けになった彼の横で、楓がボディソープを泡立て始める。

「浩介は、エッチなお店とかよく行くの？」

さり気ない風だが、楓も興奮しているのだろう。声がどことなく上擦《うわず》っている。

浩介は、彼女が立て膝で作業する股間の暗がりを見つめていた。

「それがないんだ。一度も」

「へえ。男の人にしては珍しいね。意外と硬派なんだ」

「そうかな」

マッチングアプリで出会った一夜を過ごしているのだから、硬派というには当たらない。しかし、こうした何気ない会話こそが、まさにお店のようで興奮する。

その間にも、楓は自分の体に泡を塗りつけていた。

「よし、こんな感じかな」

全身泡塗《まみ》れになった女の姿もいいものだ——浩介は眺めながらつくづく思う。大事な部分が隠れてしまうが、文字通り儚《はかな》い泡の向こうに夢がある。

「俺は、どうしたらいい？」

浩介が訊ねると、楓はニッコリ微笑んだ。

「そのままにしてて。あたしが気持ちいいことしてあげるから」

そして身を屈めると、泡だらけの体で彼の上に覆い被さった。

「重くない？　大丈夫？」

「ああ、ちっとも。気持ちいいよ」

息がかかるほどの距離で語り合う。妹の一件はまだ互いの胸に巣くっているが、肉の悦びは他の全てを些細《ささい》なことにしてしまうのだ。

やがて楓は体を動かそうとするが、慣れないことで最初は上手くいかない。

「ふうっ……しょっと。あれ？」

滑りがいいせいか、下手《へた》に動くと横に落ちてしまいそうになる。それでも何回か試しているうちに、少しずつコツをつかんできたようだ。

「これで、いいみたい。あんっ」

「おおっ、これが……」

「気持ちいい？」

「うん。くすぐったいかと思ったけど、なんかいいね」

乳房が押しつけられ、胸や腹を滑る感じがたまらない。直接的な刺激とは違うものの、女の体の柔らかさを全身で感じられる。

楓はそうしてしばらく上下に動いていたが、やがてふいに起き上がった。

「次はタワシ洗いね」

そう言って、彼の片方の脚に跨がったのだ。

一度動画を見ただけにしては、やたらに詳しい。浩介は訝《いぶか》しむが、そこはどうでもいい。今は新たな体験に胸をときめかせるだけだった。

「少し脚を持ち上げてくれる？」

「こう？　膝を立てればいいのかな」

「うん、そう――んっ」

泡を介して媚肉が太腿に押しつけられていた。手や口やペニス以外で触れるのは初めてだ。

「なんか不思議な感覚だね」

「わかる。変な感じ」

楓は同調しつつ、脚の上で腰を前後させ始めた。

「ふおっ。すげえ……」

「あんっ、これだとあたしも──いいかも、これ」

腰を振る楓は悩ましい表情を浮かべ、タワシ洗いに集中する。

浩介の背筋にゾクゾクするような愉悦が駆け巡る。

「おおっ、ヌルヌルしたのが脚に……。くうっ」

「んっ、あっ。浩介のが、ムクムクしてきた」

楓が見下ろす先に、反り返った肉棒があった。

「ハアッ、ハアッ。楓のオマ×コを感じるよ」

「だからこんなになっちゃったの？」

彼女は言うと、おもむろに硬竿を握り込み、乱暴に扱いてきた。

浩介はたまらない。

「ぐはあっ。ダメだって、楓ちゃ……ううっ」

「すごぉい。おつゆが一杯出てきた」

「あああ、もう我慢できない。挿《い》れたいよ」

「まだダメぇ」

楓自身、顔を火照らせながらも、焦らす喜びに笑みを浮かべる。

手扱きの激しさに、浩介は今にも果てそうだった。ソープの泡が潤滑油《じゅんかつゆ》となって、摩擦を軽減しているからまだ耐えられていた。

しかし、それもいつまで保《たも》つかわからない。

「かっ、楓ちゃん――」

「もう、しょうがないなぁ。なら、今度はパイズリしてあげる」

ようやく挿入できるかと思いきや、彼女は別のプレイを提案してきた。

一旦脚から下りた楓は、うつ伏せで彼の股間に乗っかってくる。

「もうちょっと大きかったらよかったんだけど」

確かに楓は巨乳とは言いがたい。だが、小さいわけでもなく、両手で挟み込めばしっかり太竿を圧迫するだけの大きさはあった。

「楓ちゃんは、本当にエッチなことが好きなんだね」

見下ろす絶景に浩介はしみじみと感興を述べた。

かたや楓は肉棒をちょうどいい位置に挟むのに忙しそうだ。

「好奇心が旺盛なのはそうかもね。でも、浩介もそうでしょ」

「まあね。だから、俺たち出会えたんだよ」

歯が浮くような台詞《せりふ》も、欲悦の最中にあっては照れもなく言えた。

するうち、楓もようやく態勢が整ったようだ。

「んっ、んっ。これで、いいのかな」

両手で挟んだ乳房を上下し、肉棒を扱く。

このときも泡がいいローション代わりになった。

「ハアッ、ハアッ。おお、いいね」

「オチ×チン、感じる？」

「ああ、すごく……いいです」

自由の利かない乳房では、手や口でしたときに比べ、正直刺激は曖昧で大雑把な気がした。しかし、それ以上に眺めがよかった。

「んっ、んふうっ」

股間にうずくまり、懸命に乳房を揺さぶる楓がいじらしい。それが単なる好奇心の表れだとしても、一途《いちず》に奉仕するその姿が男心をくすぐるのだ。

楓はパイズリしながら言った。

「泡塗れのオチ×チンって、可愛い」

「可愛いって……ハアッ、ハアッ」

「オチ×チン、気持ちいい？」

「ああ。すごく――ううっ」

「浩介のエッチな顔を見てたら、あたしも濡れてきちゃった」

彼女は言うと、乳房を揺さぶるのをやめ、彼の上に覆い被さってきた。

つるんと一滑りで顔の位置がぴたりと重なる。

「浩介」

「楓ちゃん――」

浩介は楓の上気した顔を眺めながら、媚肉に手をやる。びしょ濡れだ。

「本当だ。こんなにヌルヌル」

「あんっ、エッチな触り方」

指で花弁の辺りをくちゅくちゅ弄ると、楓はビクンと体を震わせた。

浩介は蜜壺から愛液をすくい取り、勃起した牝芯に擦りつける。

「ここ、感じる？」

「んんっ、ダメ……あっ、感じちゃう」

「クリがオチ×チンみたいに勃起してるよ」

浩介が指摘すると、いきなり楓はキスで口を塞いできた。

「浩介のバカ。エッチ」

相手を詰《なじ》りながらも、ねっとりと舌を絡めてくる。

浩介も夢中で舌を吸いながら答えた。

「エッチなのはそっちじゃないか。ソープ嬢の真似なんかして」

「だってぇ、それは浩介が――あふうっ」

快感に堪《こら》えきれなくなったのか、楓は喘ぐとともにグッと身を縮める。

「ねえ、欲しくなってきちゃったの」

ついに楓の方から挿入をねだってきた。

だが、浩介は相変わらず肉芽を弄っている。

「じゃあ、楓の方がエッチだって認める？」

さっき焦らされたお返しだ。本当は自分も今すぐ挿れたいが、彼女が淫乱さを増していく様子が興奮する。これまで責められる一方だった彼だが、経験を重ねてようやく自分から責める喜びを覚えつつあった。

「あんっ、もう……。いいよ、認めるから挿れて」

すると、楓は素直に自分の負けを認めた。実際は勝ち負けなど関係ない。ベッド上での男と女のゲームであった。

「あたしがするね」

彼女は言うと、後ろ手に肉棒をつかみ、蜜壺へと誘っていく。

「あっ……」

「おうっ」

粘膜が触れ合ったと思ったら、次の瞬間には根元まで収まっていた。互いの愛液に加え、ボディソープが滑りを増しているのだ。

上になった楓が語りかけてくる。

「すごい。浩介のオチ×チン、ビンビンに勃ってる」

「うん。楓がいっぱい興奮させてくれるから」

「あたしで？　本当？」

「当たり前だろ。他に誰がいるんだ」

「うれしい――」

彼の返答に気をよくし、彼女は腰を蠢かし始めた。

「あっ、あんっ、あんっ」

「ふうっ、おお……」

小刻みな動きが肉棒を刺激する。牝肉は熱くうねり、竿肌をくすぐった。

「ハアッ、ハアッ、うう……」

「んっ、あふうっ、んんっ」

だが、まだ助走の段階だ。互いの感触を確かめ、力を溜《た》めている状態だった。

やがて少しずつ楓の動きが大きくなり始める。

「あっふ、んんっ」

前後に蠢かすだけでは物足りなくなり、腰を上下させるのだった。

勢い肉棒への刺激も増していく。

「うはあっ、おうっ」

浩介は愉悦を覚えるとともに、彼女がずり落ちないように体を支えた。

「楓のオマ×コ、締まる……」

「浩介のも──んああっ、中で大きくなっていくみたい」

「ううぅっ、たまらん」

快楽がさらなる欲望を鋤《す》き起こし、彼は自らも腰を突き上げだした。

「はひぃっ、イイッ」

楓は喘ぐ。効果はてきめんだった。抽送にかかる力は倍増し、両者に跳ね返ってくる悦楽も上昇する。

「ハアッ、ハアッ」

「あんっ、ああん」

硬棒は蜜壺を掻き回し、欲汁を泡立てる。出し入れするたびに、結合部はぬちゃくちゃといやらしい音を立てた。

楓の喘ぎ声も次第に大きくなっていく。

「あああっ、イイッ。もっとぉ」

淫欲に何もかも忘れようとするかのように、彼女はうっとりと目を閉じながら、懸命に腰を使うのだった。

一方、浩介はひたすら愉悦に浸っていた。

「ハアッ……っくう、楓っ」

媚肉に包まれた太竿は膨張し、今にもはち切れそうだ。上に乗った体の重みも心地よく、初めての泡塗れセックスに酔い痴れた。

「ンハアッ、ダメぇ……」

「おおうっ」

二人の肌から噴き出す汗が、体にまとった泡を洗い流していく。それはマットに無数の泡溜まりを作り、やがて床へと流れ落ちていった。

だが、双方の動きが激しくなるにつれ、この滑りが徒《あだ》となる。

「ああん、いいの。イイッ」

快楽で楓はジッとしていられず、盛んに身を捩らせた。

おかげで浩介は、より一層しっかり彼女を捕まえていなければならない。

「ぬほぉっ、楓……」

「あひいっ、んあああっ」

彼女が喘ぎ、身を反らすたび、危うく滑り落ちそうになる。

「楓、激しすぎて。あっ……危ない」

「ああん、だってぇ。止まんないんだもん」

その都度、楓も彼にしがみつこうとした。たとえ滑り落ちたとて、格別危険はないのだが、快楽を途切れさせたくないのだろう。

しかし、悦楽が深くなればなるほど、やはり滑落の恐れは増していく。しまいに楓は動くことすらできなくなっていた。

「んあっ、ダメぇぇぇ……」

「ハアッ、ハアッ」

浩介は熱に浮かされた頭で必死に考える。どうやったら快楽を途切れさせることなく、かつ目指すゴールまでたどり着けるだろう。

その答えは、偶然からひらめいた。

「うはあっ、ぬお……」

何度目かの滑落の危険で、楓の体を支え直そうとしたときだ。上に乗った彼女が意外に軽いことに気がついた。

「そうか——」

「えっ……？」

とまどう楓をよそに、浩介は改めて上に乗った彼女を抱きしめる。

最初は、これまで通りに腰を突き上げた。

「ハアッ、ハアッ、ハアッ」

「あんっ、イイッ。ああっ」

当然だが、うつ伏せになった楓は彼の身体の上で揺れ動いている。

この慣性を利用するのだ。やがて浩介は、腕に抱いた楓自身を揺さぶり始めた。

「ハアッ、ハアッ。ふうっ」

「あっ、浩介……あああっ」

狙いは間違っていなかった。浩介自身は動かずにいるため、土台として安定するのである。

「ふうっ、おおおっ……」

しかも、具合がよかった。まるで等身大のオナホールを使っているようなものだった。

するると、楓にも変化が現れてきた。

「あんっ、あんっ、あんっ、あんっ」

男の身体の上で揺さぶられ、うつろな表情で喘いでいる。自分からはもはや動こうとせず、完全に身を任せていた。

「ハアッ、ハアッ、ハアッ、ハアッ」

「あっふ、あんっ、あんっ、イイッ」

浴室に二人の喘ぎと肉のぶつかり合う音だけが響いていた。

肉棒が爆発の予兆を訴えかけてくる。

「ハアッ、ハアッ。楓っ、俺もうヤバイかも……」

浩介が言うと、楓は答えた。

「あたしも――ああん、もっとぉ」

言葉の途中でボルテージが上がり、身を反らそうとした。

おかげで蜜壺が締まり、浩介を懊悩《おうのう》させた。

「くはあっ、楓えええっ」

ゴールは近い。彼は呼びかけると、抱く手を背中から尻へと持ち替えた。

楓も期待に身を震わせる。

「んあああっ、きてえっ」

「行くよ——」

浩介は尻たぼを両手でつかみ、思いきり揺さぶった。

「ハアッ、ハアッ、うおぉぉぉ……」

「あっひ……イイイイーッ」

喘ぐ楓は愉悦に翻弄《ほんろう》されながらも、必死にしがみついていた。

滑りに問題はない。反り返った太茎は、花弁をほじくり返していた。

「ハッ、ハッ、ハッ、ハッ」

「あっ、ああっ、ダメッ、イイッ」

湯気に煙る浴室で、男女は汗だくになって絡み合う。突き上げてくる衝動は、約束された恩寵《おんちょう》として官能に溺れる二人を導いていく。

浩介はラストスパートをかけた。

「うおぉぉおっ、楓ええええっ」

「あひいっ、ダメえええっ」

「イクよ。出すよ」

「きて。あたしも――んあああーっ、イックーーーっ！」

ひと足先に絶頂したのは楓だった。彼女は喘ぐと同時に全身をガクガクと痙攣させ始めたのだ。

「あああっ、イイッ、イイイイッ」

「楓っ……！」

浩介は、彼女の凄まじいイキ様に度肝を抜かれる。

「出るっ」

そして大量の精液が解き放たれた。意識が飛ぶかと思うほどの快感だ。

かたや楓の痙攣は治まらず、長く小刻みにアクメを貪っていた。

「あっ……んんっ……はひっ」

間欠的《かんけつてき》に声を漏らしつつ、余韻を味わっているようだった。

狂乱の宴も幕を閉じた。ようやく息の整った楓はやがて上から退《しりぞ》くが、しばらくは立ち上がることができなかった。

「すごくよかったよ……」

「あたしも。こんなの初めて」

風呂場の床に並んで横たわり、浩介と楓は互いを讃《たた》えた。二人の体からソープの泡はすっかり消えていたが、代わりに楓の割れ目から泡だった白濁液がだらしなく漏れ滴《したた》っているのだった。


部屋に戻り、服を着直す頃には楓も吹っ切れたようだった。

「今日はありがとね。あたしに付き合ってもらって」

「何言ってんだよ。お互い様じゃない」

浩介もホッとしていた。彼が恋人を寝取った女の兄であることも、すでに割り切ってくれたようだ。

楓はコンパクトで化粧を直しながら言った。

「ま、元を正せば、彼氏が恵里と出会ったのもアプリなんだよね」

「え。どういうこと？」

「LOVEリンク。あたしたちが出会ったのと同じやつ」

どうやら彼女はその腹いせで自分もアプリを使ったらしい。

　しかし、浩介の驚きは別にあった。要するに、妹も同じマッチングアプリを使っているということだ。彼が最初に出会ったのが、高校時代の担任教師であったことも、こうなってくると何かを意味しているように思えてくる。

「そろそろ出よっか」

「え？　うん、そうだね」

　楓に促されて彼は我に返り、ラブホテルを後にした。

「じゃあ、あたし行くね——。あ、今日のことは恵里には内緒にしてくれる？」

「ああ、もちろん。別に言う必要もないし」

　別れを告げると、二人は別々の方向に歩んでいった。

　だが、浩介の心には違和感が残ったままだった。単なる偶然かもしれないが、なぜか知人ばかりが同じアプリに登録しているようなのだ。

第三章　あの奥さんが欲しい

「どうしたんですか。さっきからボーッとして」

「……え」

未央の声に浩介は我に返る。少し考え事に気をとられていたようだ。

外回りの途中で、喫茶店に入って一休みしていたところだった。未央はアイスラテをストローで掻き回しながら言う。

「浩介先輩、疲れているんじゃないですか。昨日も、ときどきボンヤリしていましたよ」

未央は気の優しい娘だった。まだ営業に配属されたばかりで、自分の仕事を覚えるのに精一杯なはずだが、先輩の体調まで気にかけてくれている。

「そうか……。いや、悪いな。別に何でもないんだ」

「なら、いいんですけど」

彼の頭を離れないのは、例のマッチングアプリのことだった。勧めてくれた玲子叔母に尋ねれば、何かわかるかもしれない。近いうちに確かめてみよう。

「ところで、この後に行くT物産のことなんだけどさ——」

気を取り直した浩介は、一通りの仕事内容を未央に伝える。

「じゃあ、そろそろ行くか」

「はい——あ、今日はわたしが出しますよ」

店を出ようとすると、未央が支払いを申し出る。

浩介はかぶりを振った。

「いいよ」

「いつも奢《おご》ってもらっているんですから、たまにはいいじゃないですか」

「俺に気を使う必要はないんだぞ」

近年、会社も経費の扱いに厳しくなり、営業中でも個人的な飲食代までは出してくれない。未央と同行するようになってからは、全部浩介が支払っていたが、実際気にしてなどいなかった。

すると、未央は言い出した。

「あー、じゃあ言っちゃおうかな」

「なんだよ、いきなり」

「これまで黙っていたんですけど、実は人事部にいた頃の特別手当が今もまだ継続しているんです。そのほか諸々あって、営業の報奨金を除けば、もしかすると浩介先輩よりもらっているかもしれなんです」

「マジで――!?」

意外な告白に浩介が言葉を失うと、未央は我慢しきれず噴き出してしまう。

「ごめんなさい。ウソに決まってるじゃないですか」

「何だよ、ウソか。こいつめ」

「さっきの驚いた浩介先輩の顔。目がこーんなでしたよ」

未央はからかうように目をまん丸く見開いてみせた。

思わず浩介の顔にも笑みが浮かぶ。

「わかった。先輩を騙した罰として、ここのお代は払ってくれ」

「はい。わかりました」

恐らく彼女は、先輩の気分を盛りたてようと明るく振る舞ってみせたのだ。浩介は胸の奥がほっこり温かくなるようだった。この関係がいつまで続くだろうか。

しかし一人になると、浩介は相変わらずアプリを使っているのだった。数々の疑問を確かめるため、というのは建前で、結局は欲望が彼を駆り立てるのだ。

週末の午後、浩介は郊外へと赴いた。「ユキ」という名前で登録している女と待ち合わせているのだった。

(三十九歳、人妻か。でも、マッチングアプリを使う人妻とか本当にいるんだ)

プロフィール画像には目線が入っており、顔はよくわからない。しかし、どことなく見覚えがある気もした。特にぽってりした唇には記憶がある。

待ち合わせはファミレスだった。時刻は昼下がりだが、週末とあって店内はそこそこ賑わっている。

「先にいるはずだけど……」

休日のため、カジュアルな服装の浩介は店内を見回す――いた。というか、内心予想していたことを裏付けるような人物をそこに見出したのだ。

「あっ……」

ボックス席に知った顔を見つけた浩介は言葉を失う。

相手も彼を見て驚いたようだった。

「なんでここに――ウソでしょ!?」

目を丸くしているのは、林有紀乃《はやしゆきの》という実家の近所に住む奥さんだった。十年来の知人で、浩介は彼女の赤ちゃんを抱いたこともある。

プロフィールにあった目線の入った画像も、こうして本人を目の前にしてみると、彼女の顔だった気がする。

「あの……ご無沙汰しています」

ある程度心づもりのあった浩介は席に座る。だが、内心はドキドキだった。同じ知人でも、まさか近所の人妻と遭遇するとは思っていなかったのだ。

一方、有紀乃はまだあんぐり口を開けたままだった。

「どういうこと？　もしかして——」

「はい。そうなんです」

「だって、浩介くん……あ」

名前でピンときたらしい。有紀乃に納得の表情が浮かぶが、同時にマズいところを見られたという思いも、その顔に表われていた。

「浩介くん、何か食べる？」

「あ、いえ……。ドリンクバーだけで」

取り繕うような言葉を交わすが、気まずさは拭えない。浩介も祥子のとの一件で慣れたつもりだったが、有紀乃とはもとよりそこまで親しかったわけではない。

だが、これで彼の疑問は確信に変わっていた。やはり知人ばかりと出会う仕組みになっているようだ。

ドリンクバーから戻ると、浩介は切り出した。

「あの、少しお訊ねしたいんですけど」

「浩介くんもずいぶん立派になったのね。見違えるみたい」

ところが、有紀乃は彼の問いかけを無視して言った。表情も先ほどとは違うようだ。出会いの驚きから立ち直り、腹を据えたようだった。

「こんなところをお母さんに見られたらマズいわね」

「え、ええ。僕もまさか──」

「でも、こんなこともあるのかもしれないわね。浩介くんだってもう大人なんだし」

彼女は自分が人妻であることを棚に上げて言った。

そのとき浩介は実家にいた当時を思い出していた。有紀乃の家は二軒隣にあるが、林夫妻が引っ越してきたときから両家には交流があった。少年時代の彼もお使いなどで行き来することが多く、訪ねるとおやつなどを振る舞ってもらったものだった。

「不思議なこともあるものね」

有紀乃も懸命に事態を受け入れようとしているらしい。緊張で喉が渇くのか、盛んにアイスティーを口に運ぶ。

ストローを咥える人妻の唇が魅惑的だった。

「あの、僕で大丈夫だったでしょうか」

浩介の目は無意識に有紀乃のボディラインを追っていた。実家にいた当時から、彼女を密かに美しいと思っていたのだ。

一方、有紀乃もどこかで気持ちを切り替えたようだった。彼を見る目つきが、懐かしさや気まずさよりも、好奇の色に暗く輝いていた。

「いいも悪いもないいんじゃないかしら。こうして出会ってしまったんだし」

「はあ、まあ……」

ファミレスは実家から三駅ほど離れた場所にあった。知人に出くわす可能性は低いものの、万が一ということも考えられる。

浩介は辺りに警戒の目を向けながら訊ねた。

「こういうことって、よくあるんですか」

「こういうことって？」

「つまり、その——小母さんがマッチングアプリとか使うんだなと思って」

「幻滅した？」

見つめ返す上目遣いが艶《つや》っぽい。

「い、いや。じゃなくて、単純にどうしてかなって」

夫婦仲はいいように見えていた。独身の浩介にはその辺りが不可解だったのだ。

するとと、有紀乃はテーブルに頬杖をついて言った。

「そうねえ。浩介くんも、もう大人だと思うから言うけど、旦那とはもうずっとセックスレスなのよ」

「はあ……」

よく知る人妻の口から、「セックス」などという単語が出てきたことに、浩介は胸を衝かれる思いがした。

だが、驚くのはまだ早い。

「子供が小さいうちは、それでもよかったの。でも、あの子もだいぶ手がかからなくなってきたでしょう？　で、ふと気付けばわたしも四十手前じゃない。女として何か忘れ物をしたような気になってきたのよね」

滔々《とうとう》と語る有紀乃だが、テーブルの下ではまるで別のことが進行していた。

「悪いことだとはわかっているの。母親としては失格よね」

「あ……」

思わず浩介は声を漏らしてしまう。靴を脱いだ有紀乃の足が、彼の股間をまさぐっていたのだ。

「浩介くんも、やっぱり嫌よね。こんなオバサン」

「そ、そんなことは……。うう……」

ストッキング足がズボンの上から逸物を捏《こ》ねまわす。公共の場ということもあり、浩介は羞恥を覚えるとともに、背徳の悦びを感じていた。

「ねえ、これからどうする？」

有紀乃は何食わぬ顔をして訊ねる。だが、瞳の奥は熱を帯びているようだ。

「ふうっ、ふうっ」

「どうしたの。浩介くんの顔、赤いよ」

「お、小母さん――」

このままでは盛大に勃起してしまう。腰が引ける浩介に対し、有紀乃も少し頬を上気させながら言った。

「そろそろ出ようか」

店を出た有紀乃は、「家に行こう」と言い出した。浩介はいったんは拒んだものの、人妻の強引な誘いに断り切れなかった。

交通手段はタクシーを使った。電車でもいいのだが、タクシーなら自宅前まで見られずに着けるからだ。

車中で有紀乃は運転手に話しかけた。

「この時間帯だと、踏切は渋滞するかしら」

「いやあ、土曜の午後は電車が少ないですからね。大丈夫じゃないですか」

運転手と客とのよくある会話だ。しかし、彼女の意図《いと》は別にあった。

「国道沿いにできたラーメン屋さん。運転手さんはもう行きました？」

有紀乃がやたらに話しかけたのは、不自然なカップルであることから目を逸《そ》らすためだったかもしれない。何しろ浩介とは十歳しか離れていない。傍目《はため》にも親子には見えないだろう。

だが、もう一つの理由は、彼女はそうして運転手の注意を引きながら、見えないところで浩介の股間をまさぐっていたからだった。

「Nラーメンね。行きましたよ」

「美味しいの？」

「メインは喜多方ラーメンですね。悪くないんじゃないですか」

二人の会話をよそに、浩介は顔を赤くして俯《うつむ》いている。

「ふうっ……、ふうっ」

揉みしだく人妻の手がいやらしかった。嫌なら拒めばいいのだが、彼はそうしなかった。運転手にバレやしないかとヒヤヒヤしながらも、そのスリルがまた一層劣情を煽り立てるのだ。

(小母さんが、こんなにスケベな奥さんだったなんて――)

浩介は快感に耐えながら、実家に住んでいた頃のことを思い出していた。


あれは浩介が十七歳の頃のことだった。

ある日の午後、浩介は父親の出張土産《みやげ》を林家に持って行くよう使いに出された。

当時、有紀乃は二十七歳。夫とともに引っ越してきて二年ほどで、まだ子供も生まれていなかった。

「めんどくさいなあ」

「いいから行ってらっしゃい。お母さんは手が離せないんだから」

母親に使いを頼まれたとき、年頃の浩介は渋ってみせたが、内心では有紀乃に会えるのがうれしかったのだ。若妻の彼女は美しく、優しかった。ぽってりした唇が微笑むとき、思春期の少年の胸はときめいたものだった。

やがて浩介は林家の呼び鈴を鳴らしたが、しばらく待っても反応がない。

「いないのかな――」

昼前には洗濯物を干す姿が見られたのだ。ずっと見張っていたわけではないが、それから出かけた様子はなかった。

実際、二階を見上げると窓が開いている。

「閉め忘れたのかな」

あるいは、何かトラブルに遭《あ》ったのかもしれない。午後の住宅地は静かだったが、浩介は心配になり、敷地に足を踏み入れる。

「林さーん。三上です」

玄関前で声をかけてみるも、やはり答えはない。

しかし、何となくだが人のいる気配はするのだ。

（泥棒が入っているとか？　いや、まさか……）

こんな白昼堂々押し込みが入るとも考えづらい。だが、十七歳の想像は果てしなく膨らんでいく。浩介は心配になり始め、抜き足で庭先へ回り込んだ。もし異常事態を発見したら、すぐさま通報しようと思ったのだ。

築二年の庭は、まだ作っている途中だった。有紀乃が丹精を込めた花壇には、スコップが放置されたままだ。

(何事もなければいいんだけど)

浩介は胸をドキドキさせつつ庭に入る。植木の陰に隠れるようにして、窓から中の様子を窺《うかが》おうとしたのだ。

最初のうちは陽光の反射でよく見えなかったが、カーテンは開いているので、目を凝《こ》らすうち、徐々にリビングの様子がわかってきた。

「あっ……！」

浩介は思わず声が出そうになり、慌てて口を押さえる。

そこに見出したのは、下着姿の有紀乃であった。着替えているところだったらしい。こちらに背中を向けてはいるが、外から見られていることなど全く意識していないようだった。

「ごくり――」

浩介は意外な光景に目を奪われ、その場を動けなかった。

有紀乃はブラジャーとパンティーだけの恰好で、ソファーに置いた洋服をいくつも手に取っては眺めていた。買ったばかりの服を試しているのだろうか。

人妻の体は白く陽光に輝いていた。背中の窪みが曲線を描き、丸いヒップは下の方がパンティーからはみ出している。

（す、すげぇ……）

十七歳の目にはあまりに刺激的な光景だった。浩介は人妻の腕、太腿、脹《ふく》ら脛《はぎ》が動いていくさまを食い入るように眺めていた。

しかし、間もなく有紀乃は一枚のワンピースを選び、身に着《つ》けてしまう。

「あー……」

落胆する浩介。下着姿を見られたのは、時間にして一分ほどだっただろう。しかし、その強烈な印象はしっかりと目に焼き付いていた。

結局、そのとき彼は土産物を渡さずに林家を後にした。あんなところを盗み見てしまった後では、有紀乃と顔を合わせることなどできなかったからだ。

その夜、浩介は有紀乃をオカズに猛烈に自慰をした。それからしばらくの間、彼女に会うと気恥ずかしく、無意識に避けてしまっていた。しかし時間が経つにつれ、自分が見たのは幻だったように感じ始め、また普通に接するようになったのだった。

そうこうするうち、車は林家の前に着いていた。

「二千三百六十円になります」

有紀乃が代金を支払っている間に、浩介はそそくさと車を降りて敷地に駆け込む。二軒隣には実家があるのだ。母親や妹以外にも、どこに知人の目があるかわからない。タクシー代は、あとで彼女に返せばいい。

そして有紀乃も車を降り、彼のいる玄関にやってきた。

「浩介くんがあんまり慌てて降りるから、運転手が驚いていたわよ」

「ごめんなさい。あの、いくらでした？」

「そんなのいいから、早く入って」

有紀乃が鍵を開け、二人は室内へと滑り込む。

林家に来るのは久しぶりだった。最後に訪ねたのは、彼が実家を出るときだ。その間も帰省した折など、林夫妻と顔を合わせることはあったものの、自宅に上がるのは実に十年ぶりとなる。

「変わってないですね」

緊張とは別に懐かしさに駆られ、浩介は言った。

だが、住んでいる有紀乃からすれば日常に過ぎない。

「そりゃ変わらないわよ。まあ、太一《たいち》のものが増えたくらいかしら」

太一というのは、一人息子のことである。確か十歳になるはずだ。

「そういえば、太一くんは？」

「昨日から林間学校に行っているの。帰ってくるのは明日」

「そっか。それで――」

「そう。だから心配ないわ。ほら、グズグズしていないで上がってちょうだい」

「あ、うん……」

これで心配事は一つ解消されたわけである。浩介は靴を脱ぎ、勝手知ったるリビングへ向かおうとした。

すると、有紀乃が呼び止める。

「あ、ちょっと。そっちじゃないわ」

「え？」

「今日は二階へ上がって」

「でも――」

二階は夫婦の寝室と子供部屋しかない。ここまで来てしまった浩介だが、さすがに神聖な夫婦の寝室に踏み込むのにはためらいがあった。

しかも、時刻はいつしか夕方に差しかかっている。勤め人の夫が帰宅するにはまだ早いが、なるべく危険は避けたかった。

すると、有紀乃は彼の不安を察したのか、こう言った。

「旦那なら今日は残業で遅くなるって。だから大丈夫よ」

「う、うん……」

ただでさえ緊張と不安に押し潰されそうなのだ。浩介は彼女の説明を受け入れたが、それで全て問題が解消したわけではない。

有紀乃はいったいどういうつもりだろう。相手が彼でなくても、最初から自宅に連れ込む予定だったのだろうか。

しかし、欲望には勝てなかった。

有紀乃が先に立って寝室の扉を開く。

「どうぞ。入って」

「失礼します――」

寝室を見るのは初めてだった。八畳ほどの洋間にダブルベッドがどんと置かれている。部屋はほとんどベッドで占められていた。

「じゃあ、ここで少し待っててくれる？」

「え。でも……」

「着替えたいの。すぐ戻るから」

そう言うと、彼女は行ってしまった。

一人残された浩介はためらいながらも、ベッドの片隅《かたすみ》に腰を下ろす。ほかにいる場所もないからだ。

だが、そわそわして気分はまるで落ち着かない。当然である。このベッドで林夫妻は毎晩一緒に寝ているのだ。夫のこともよく知る彼としては、そこにいるだけで悪いことをしているという思いが拭えなかった。

(このベッドで小父《おじ》さんと小母さんがセックスをしているんだ)

先ほど有紀乃はセックスレスだと言っていた。だが、それは最近のことだろう。少なくとも太一が生まれたのだ。若いうちは汗だくになって絡み合ったに違いない。

やがて有紀乃が寝室に戻ってきた。

「浩介くん、お待たせ」

現れた有紀乃の姿に浩介は目を丸くする。

「小母さん……」

人妻は、シースルーのネグリジェを身にまとっていた。縁にレース飾りの施《ほどこ》された純白のワンピースは超ミニ丈《たけ》で、ブラとパンティーにもヒラヒラがついている。

「初めて着てみたの。どうかしら」

有紀乃は扉の前でくるりと回ってみせる。

ベッドに座った浩介は口をあんぐり開けたままだ。

「あ……はい。すごく、綺麗です」

「もう、感想はそれだけ？」

「いえ、その——あんまりエッチなんでビックリしちゃって」

三十九歳の肉感的なボディが丸見えだった。十二年前のあの日、庭から垣間見た彼女と比べ、より淫らな体つきになっているようだ。

その有紀乃が、妖しい目をしてベッドに近づいてくる。

「こんな恰好、あの人にも見せたことないのよ」

「ふうっ、ふうっ」

「ねえ、浩介くん」

浩介の肩に手がかかり、ゆっくりと押し倒されていく。

仰向けになった彼の目の前に、昂揚した人妻の顔があった。

「わたしと、したい？」

「うう、小母さん……」

「あら、ダメよ。小母さんだなんて。ちゃんと名前で呼んで」

「ゆ、有紀乃……さん」

かつて密かに憧れた、人妻のぽってりした唇がすぐそばにある。ルージュを引き直したのだろうか、それは艶々《つやつや》と輝いていた。吐き出される甘い香りに頭がクラクラするようだ。

やがて有紀乃の顔が近づいてきた。

「可愛い浩介くん。食べちゃいたいわ――」

開いた唇から舌を伸ばし、浩介の口を塞ぐ。

「んふう――」

「ふぁむ……有紀乃さん」

人妻のねっとりした舌が絡みついてきた。浩介はそれを夢中でしゃぶり、柔らかな唇を貪った。

「ふうっ。みちゅ……ちゅばっ」

「ん……浩介くん、キスが上手ね」

「だって有紀乃さんが……ふぁむっ」

ネグリジェの薄い布越しに女の温もりが伝わってくる。浩介は熱に浮かされ、彼女の背中や腰に手を這わせて感触を確かめていく。

「レロッ、ちゅぱっ」

脳裏には、かつて垣間見た光景が浮かんでいた。下着からはみ出していた、あのたっぷりとした尻。それに十二年越しで直接触れられるのだ。

「ああ、有紀乃さん――」

彼は舌を貪りながら、両手で尻たぼをすくい上げるように愛撫した。

「あんっ」

すると有紀乃は敏感な反応を見せたが、キスを解いてしまった。

「焦らないで。時間はたっぷりあるのよ」

「うん。でも――」

「わたしの方から攻めたいの。いい？」

自らマッチングアプリを使うだけあって、彼女は自分の欲求をよくわかっていた。

浩介も異存はない。

「うん、わかった」

「じゃあ、服を脱がせてあげる」

彼女は言うと起き上がり、彼の上着を首から抜き取った。

「男らしい体になったわね」

上半身裸になった彼の胸板を確かめるように両手でまさぐる。

フェザータッチの愛撫に浩介は呻く。

「ううっ……」

「ずいぶん女の子を泣かせてきたんじゃない？」

「そ、そんなことは──」

実際、彼はついこないだ童貞を卒業したばかりなのだが、そんなことは彼女が知る由もない。

そもそも有紀乃の発する言葉は、質問というより場を盛り上げるためのやりとりに過ぎなかった。

「乳首も可愛いのね。全然遊んでないみたい」

その証拠に彼女はすぐに矛盾したことを言うと、彼の乳首に吸いついたのだ。

「ちゅぱっ」

「はううっ」

「んふうっ、浩介くんの乳首がコリコリしてきたよ」

「ハアッ、ハアッ」

昔、手作りのクッキーを振る舞ってくれた、「優しい近所のおばさん」と同じ人物とは思えない。本人が言うとおり、よほど溜まっているのだろうか。

やがて有紀乃の顔は徐々に下がっていった。

「お肌もツルツル。若いのね」

褒めそやしながらも唇を這わせ、臍《へそ》の周りを舐め回す。

「ああ、有紀乃さん――」

同時に彼女の手は、浩介のズボンを下ろしにかかっていた。

「お尻を持ち上げて」

「うん……」

ズボンは下着ごと脱がされ、息をひそめていた逸物が露わになる。

肉棒はすでにビンビンだった。

「まあ、すごい。大きいのね」

「小母……有紀乃さん、恥ずかしいよ」

「どうして。こんなに立派なのに」

彼女は太竿をまじまじと見つめ、両手の指で形を確かめるようになぞった。

それだけで浩介はビクンと震えてしまう。

「はうう っ、そんなことされたら——」

「んー、男の匂いがする」

有紀乃は手にした逸物に鼻面をくっつけて匂いを嗅いだ。

「あああ、そんな……」

夫婦の寝室に侵入しただけでも十分罪深いのだ。それが、いまやベッドの上でペニスを晒《さら》し、人妻に愛撫されているのだった。浩介は生まれて初めて間男《まおとこ》の背徳感を覚えていた。

だが、それは有紀乃も同じだったのだろう。

「舐めていい？」

上目遣いに訊ねる顔が淫らに歪《ゆが》んでいた。

浩介は呼吸を荒らげながら言った。

「もちろん。お願いします」

「うふ。礼儀正しいのは昔と同じね」

有紀乃はほくそ笑むと、舌を伸ばし鈴割れに浮かんだ先走りを舐めた。

その瞬間、浩介の全身に電撃が走る。

「うはあっ」

「ん。おつゆがいっぱい出てきた」

彼女は舌先でくすぐった後、今度は雁首《かりくび》のぐるりを舐め回してみせる。

「うぐうっ」

「すごく敏感なのね。小母さん、興奮しちゃう」

自分で名前を呼んでくれと注文したくせに、有紀乃はそんなことを言う。昔の関係性を意識することで、彼女も欲情していたのかもしれない。

「カチカチのオチ×チン。もう我慢できないわ」

彼女は言うと、おもむろに肉棒を咥え込んだ。

「んふうっ、おいひ――」

「ううっ、有紀乃さんっ」

温もりに包まれ、浩介は身悶える。

有紀乃は肉竿の根元を指で支え、首を上下に振りたてた。

「じゅるっ、びじゅるるるっ」

「ハアッ、ハアッ」

「こんなに硬いの、久しぶりだわ」

人妻は口走りつつ、まなじりを決してしゃぶりつく。

眼下に映る光景に浩介は興奮した。

「うはあっ、たまらないよ──」

過去がフラッシュバックする。新築の家に越してきた林夫妻。初めて会った若妻は初々《ういうい》しくも艶《いろ》っぽく、浩介少年の心にときめきを抱かせた。

思えば有紀乃こそ、少年期の彼に異性を意識させた最初の女だったのだろう。

「ああっ、有紀乃さん……」

「じゅぷっ、んふうっ。浩介くんも、大人になったのね」

「いやらしい顔……、うああっ」

三上家と林家はすぐに懇意になった。浩介の母親は若い夫婦を気にかけており、特に有紀乃に対しては我が娘のごとく料理を教えたり、町内のグループに紹介したりしていた。

おかげで浩介も、林家と行き来することが多かった。有紀乃は彼を年の離れた弟のように可愛がってくれ、その成長をともに喜んでくれたものだった。

「ハアッ、ハアッ」

その人妻が今、彼の肉棒をしゃぶっているのだ。これが興奮せずにいられるだろうか。

その思いは、有紀乃も同じであったに違いない。

「浩介くんのオチ×チン――」

血が繋がってこそいないが、親戚付き合いのような関係であった。彼女は少年期から知る彼の逸物を口に含み、何を思っているのだろうか。

やがて有紀乃は手で陰嚢を揉みほぐし始めた。

「んふうっ、じゅるるっ」

「ぬはあっ、うっ……」

浩介は重苦しい快感に襲われ、思わず腰を浮かす。

すると、有紀乃は一旦肉棒を口から出した。

「浩介くんのここ。いっぱい溜まっているんじゃない？」

上目遣いに見つめながら、肥大した精巣を手で転がした。

「ああ、そんなこと――」

「ヒクヒクしてるの。可愛いわ」

彼女は言うと、おもむろに陰嚢を口に含む。

「じゅぷっ、じゅぷぷぷっ」

した。


思わず仰《の》け反《ぞ》る浩介。まるで股間から魂が吸い出されるようだった。

敏感な反応に気をよくした有紀乃は、肉棒を手で扱きつつ、二つ玉を口の中で転がした。

「ほわあっ」

「むふうっ、じゅぷっ」

「ハアッ、ハアッ。もうダメだ……我慢できないよ」

「じゅぽっ——どうしたいの？」

「挿れたいよ。小母さんが——有紀乃さんが欲しい」

かつて言いたくても言えなかった言葉が、愉悦にむせぶ浩介の口から迸《ほとばし》る。

その魂からの声は、人妻の子宮にも響いたようだ。

「いいわ。わたしも、浩介くんが欲しい」

彼女は言うと、しゃぶるのを止めてベッドに寝転がった。

「きて。浩介くんのオチ×チンで、たくさん愛して」

そして自ら急いでパンティーを脱ぎ去ったのである。

起き上がった浩介が見ると、ネグリジェの人妻が秘部を晒して横たわっていた。

「有紀乃さん——」

萌え繁る恥毛は濡れて貼り付き、割れ目から捩れた花弁が飛び出している。着替えを覗いて自慰したあの日、焦がれるほど見たかった光景がそこにあった。

浩介は息を切らしながら、人妻の脚の間に割り込んだ。

「このまま挿れちゃうよ」

「ええ。浩介くんの硬いの、挿れて」

「有紀乃さんっ」

呼びかけると、彼は逸物を花弁に突き入れた。

とたんに有紀乃が喘ぎ声を上げる。

「んああっ、入ってきた――」

「おふうっ」

ぬぷりと刺さった肉棒は、ぬめった温もりに包まれる。

見上げる有紀乃の目は蕩けていた。

「こんなに大きくなったのね。男らしいわ」

「有紀乃さんは、変わらず綺麗だ」

浩介が返すと、彼女は笑みを浮かべ、両手で彼の顔を挟む。

「まあ。お世辞でもうれしいわ」

「お世辞なんかであるものか。俺、本当に——」

だが、言葉は有紀乃の唇で塞がれた。

「いいのよ。今日は何もかも忘れて愛し合いましょう」

「有紀乃さんっ」

たまらず浩介は腰を穿《うが》つ。肉棒が媚肉に抉り込んだ。

「んああっ」

途端に有紀乃は顎を反らし、喘ぎを漏らす。人妻の白い肌に淡いピンクの花が散った。

浩介はその顔を見つめ、両手をついて抽送を繰り出した。

「ハアッ、ハアッ。あああ……」

思春期の欲望が蘇るようだ。あの当時、オナニーのオカズと言えば、下着姿の有紀乃が定番だった。

「ああっ、いいわ。感じる」

その人妻が腕の下にある。同じようによくしてくれた夫の顔がチラつくが、この瞬間の悦楽に罪の意識は押し潰された。

有紀乃は盛んに身悶えていた。

「んふうっ、イイッ。ああ、こんなの久しぶり」

いまだ上半身にはネグリジェをまといながら、下卑たポーズで媚肉を晒し、ウットリとした表情を浮かべている。

彼女もまた、不倫の背徳に悶えているのだろう。そうでなければ、息子の不在と夫の残業の隙を見て、マッチングアプリを利用したりはしていない。

「ハアッ、ハアッ。有紀乃さんのオマ×コ、気持ちよすぎるよ」

「浩介くんこそ……んああっ、カリの所が感じるの」

「ううっ、たまんないよ」

「わたしも。あふうっ、オチ×ポイイーッ」

浩介の腰使いもだいぶこなれてきていた。ついこの間まで童貞だったものの、これまで二人との経験を経て習熟していたのだ。

セックスに飢えた人妻を狂わせるには十分だった。

「うおぉ……ハアッ、ハアッ」

「あっひ……イイッ、奥に当たる――」

有紀乃は悦びに顔を火照らせ、我知らず腰を浮かせていた。蜜壺は盛んに牝汁を吐き、花弁から噴きこぼれてシーツを濡らす。

浩介の額からも汗が噴き出していた。

「ハアッ、ハアッ、ハアッ」

息を切らし、抉り込む。だが、欲望はとどまるところを知らない。同じ姿勢では次第に物足りなさを覚え、彼は両手で人妻の太腿を抱えるようにした。

「うはあっ、有紀乃さぁん」

「んあ……イイーッ、すごいぃぃっ」

激しい突き込みに有紀乃は身悶える。背中を弓なりに反らし、わななくように肉体を震わせるのだった。

「先っぽが……あふうっ、子宮に感じるの」

「いやらしいよ、有紀乃さんの顔」

「ああん、だって――浩介くんがこんなにエッチな子だって知っていたら、もっと早くこうすればよかったわ」

有紀乃は口走りながら、愛でるように彼の肌をまさぐる。

ゾワゾワする感触に浩介は身震いした。

「うはあっ、ヤバイよ。それ……」

「わたしって、悪い女ね。浩介くんを家に連れ込んだりして」

愛欲に浸りながらも、突然彼女は懺悔《ざんげ》を口にする。

その言葉に浩介も不倫の事実を思い出す。しかも、ここは夫婦のベッドなのだ。

「ううっ……ふうっ」

チクリと胸が痛むが、それで抽送が止むことはない。

そもそも互いに承知の上なのだ。

「有紀乃さんっ、有紀乃さぁん」

背徳感はむしろ愉悦のスパイスとなった。「いけないことをしている」と意識すればするほど、肉体は反応してしまうのだ。

「んああっ、浩介くん……」

有紀乃が両手を差し伸べて、彼を求めてきた。

「有紀乃さん――」

浩介は求めに応じ、身を伏せてキスをする。

「レロッ、ちゅばっ」

「んふうっ、はむっ」

ねっとりと絡みつくようなキスだった。二人は互いの舌を吸い、唾液を貪った。上と下で同時に粘膜を接触させ、繋がっていた。

そうしながらも浩介は、両手で乳房をまさぐった。

「むふうっ、ふうっ」

たっぷりとした熟乳は手に馴染み、揉み込むほどに形を変えていく。

「んんっ、ふぁう――」

すると、有紀乃も舌を絡めながら息を漏らす。

浩介はやがて下着の上からでは飽き足らなくなり、肩紐をずり下ろして裸乳を曝け出させた。

指でつまんだ乳首が勃起している。

「ぷはあっ……ああん、ダメェ」

耐えきれなくなった有紀乃がキスを解く。

そのタイミングで浩介は乳頭にしゃぶりついた。

「みちゅうぅ……ぴちゅるるるっ」

「んああーっ、イイイッ」

彼が思いきり吸いたてると、有紀乃は喉を晒して喘いだ。

浩介は腰を小刻みに動かしながら、乳房に顔を埋めていた。

「有紀乃さんの体、いい匂い」

「本当？　ああん、汗を掻いているのよ」

「でも、いい匂いだ。このままオッパイに埋もれてしまいたい」

「わたしも。ずっとこうしていたいわ」

有紀乃は言うと、彼の頭をかき抱く。

「むふうっ……」

乳房に押しつけられた浩介は一瞬息が詰まる。だが、それは幸せな苦しみだった。

かつては妄想でしかなかった密事が、現実になった悦びがこみ上げてくる。これもマッチングアプリのおかげだ。

有紀乃も同様に昂ぶっていた。

「はひぃっ、もう……。ねえ、後ろから欲しいの」

突然口走った言葉に浩介も顔を上げる。

「後ろから──」

「そうよ。お尻から思いきり突いてほしいの」

有紀乃の要求で二人は一旦体を離した。そのついでに、彼女は今では意味を成していないネグリジェを脱ぎ去った。

「バックで突かれるのが好きなの」

全裸になった彼女はそう言うと、自らベッドで四つん這いになる。

背後に回った浩介はごくりと生唾《なまつば》を飲んだ。

「綺麗なお尻してますね」

股間をいきり立たせながら、両手で尻たぼを撫でる。

すると、有紀乃はくすぐったそうに身を捩る。

「ああん、浩介くんたら。早くぅ」

「あ、はい」

甘えるように催促する有紀乃に接し、浩介は人間の裏面を見た気がした。一見良妻賢母に思える女性でも、ひと皮下にはドロドロの淫欲を秘めているのだ。

だが、それがいい。彼は近づき、硬直を突き刺した。

「ぬふうっ……」

「んはあっ、きた――」

奥深くまで突き入ると、有紀乃は長く息を吐いた。

「ハアッ、ハアッ」

膝立ちの浩介は、徐々に抽送を繰り出していく。

「んっ、あっ」

ぬめりは申し分ない。花弁は太茎を咥え込み、蜜壺が竿肌を舐めた。

「あああ、なんて気持ちいいんだ」

思わず浩介は口走る。正常位で挿れているときとは、また感触が違った。雁首の上の方が擦られる感じがするのだ。

有紀乃も尻を犯される悦楽に浸っていた。

「あっふ……イイッ、あんっ」

突かれる衝撃に耐えながら、盛んに息を喘がせている。吊り下がった乳房は揺れ、背中にしっとりと汗を滲《にじ》ませていた。

やがて二人のリズムが合い、テンポが速まっていく。

「ハアッ、ハアッ、ハアッ」

「んっふ、あっ、ああっ」

「有紀乃さん——ああ、これいいよ」

「そう？　わたしも……ああっ、いいわ」

媚肉に包まれ、肉棒はさらに煽り立てられる。かき混ぜられた愛液は、入口で泡立ち溢《あふ》れかえっていた。

「うはあっ、有紀乃さんっ」

浩介は仰け反るようにして愉悦に耐える。このまま果ててしまいそうだ。

ところが、有紀乃は喘ぐ合間《あいま》に口走るのだった。

「叩いて。お尻をひっ叩《ぱた》いてほしいの」

「――え？」

浩介は意味がわからず聞き返す。

すると、彼女は繰り返した。

「手のひらで、お尻を思いきり叩いてほしいの」

いわゆるスパンキングというやつだ。痛みを快楽に感じるSM的プレイである。

もちろん浩介にそんな経験はない。もとより女を虐《いじ》めたいという嗜好《しこう》もないため、当然ためらいを覚えた。

「ねえ、お願い。いけない有紀乃を罰して」

蕩けた目でそう乞われて、浩介は有紀乃がなにを求めているか、わかった気がした。

子供のように尻を叩かれることで、不倫している背徳感をより高められるのだろう。

「わかったよ、こ、こう？」

とはいえ、怒ってもいないのにいきなり尻たぼを叩けるわけもなく、浩介は右手で試しにぺちっとはたいた。

「あんっ、もっとぉ」

有紀乃は感じた声をあげるが、さらに強くしてくれと言う。

浩介は再び、さっきより強めに叩いてみる。単なる平手打ちと違い、尻たぶに食い込ませるように手を叩きつけると、バチンと鈍い音がして、有紀乃がぶるぶると腰を震わせた。

「あっ……、ごめん、痛かった？」

「んああっ、いいわっ、すっごい……」

有紀乃の白い尻に、赤く手の跡がついてしまいそうな打擲《ちょうちゃく》だったが、これを彼女は求めているらしい。浩介は次第に遠慮なく、パアンと派手な音をたてて叩くようになってゆく。

しかも一発打つごとに有紀乃は腰を震わせ、そのたびに媚肉がキュウと締め付けてくるのだ。

「あっひ、んぐうっ……いいわっ、子宮に響いちゃう。あんっ、もっとぉ、もっと悪い有紀乃をお仕置きしてぇ」

繰り返すうちに、浩介も尻を平手打ちするのに慣れてきた。力任せに叩きつけるのではなく、派手な音がするようにしたほうが、有紀乃の悦びも深いようだ。やがて抽送も再開し、合間にリズムを刻むようにスパンキングできるようになっていった。

「ハアッ、ハアッ……そらっ。ふうっ」

「あっ、あああっ。き、効くううっ……んふうっ、イイイーッ」

有紀乃は背中を丸めて身悶えた。尻たぼを叩かれる都度、全身をわななかせては大きな喘ぎ声を上げるのだ。

「ああん、もっとぉ。もっと悪い有紀乃に罰をちょうだいっ……あっひぃ、くるぅ」

反応はめざましく、彼女は時折苦しげに息を吐いた。

浩介が腰を振りながら叩いた跡を眺めれば、人妻の白い尻たぼが赤く染まっている。

「ハアッ、ハアッ。大丈夫なの？」

「うん、平気——あふうっ、もっとよ。もっと強く」

しかし彼の心配をよそに、有紀乃はさらに痛みを求めた。

こうなったら、行くところまで行くしかない。浩介自身、叩くことで年上の有紀乃を支配しているような興奮を覚え、さらに肉壺の締めつけられて腰の動きをを速めていった。

「うおぉぉぉっ、有紀乃さぁん」

小刻みにピストンしながら、平手打ちの雨を降らせる。

すると、有紀乃の喘ぎも激しくなった。

「んあああーっ、響くぅ、アソコにジンジンきちゃうのっ、イイイーッ」

「くはあっ、俺もう——イッちゃいそうだよ」

「イッて。わたしも……はひぃっ、叩いてっ」

「うはあっ、ヤバいかもこれ……」

「あっ、あっ、あっ、あっ。すごぉぉぉい」

いまや有紀乃は肘を折り、頭をシーツに押しつけていた。

「んっふう。イクッ……イッちゃう」

尻たぼを真っ赤に腫らし、人妻は昇り詰めていく。

蜜壺がこれまで以上に締めつけてきた。アヌスがキュッと閉じて太竿を絞る。

「うはっ……ダメだっ、出るうっ」

我慢の限界だった。浩介は呻くとともに射精する。

白濁を遠慮なく注ぎこまれ、有紀乃もアクメに達した。

「んあああーっ、イクぅぅぅーっ!」

グッと身を縮めるようにして絶頂を貪る。下腹部が引き攣れ、無意識に尻を小刻みに震わせた。

「んひぃっ、イイッ……」

赤く染まった尻たぼを振り、肉棒から最後の一滴まで搾り取る。

媚肉がうねり、抽送がやんだ。

「ハアッ、ハアッ、ハアッ」

浩介は息を切らし、人妻の尻を眺める。そこにはいくつもの手の跡が残り、中心でアヌスがヒクヒクと蠢いているのだった。

凄まじい肉交だった。初めての体験に浩介はベッドに横たわったまま、しばらく呆然としていた。

一方、有紀乃は溢れた白濁をさっと拭うと、横臥する彼に体を寄せてくる。

「すごくよかったわ」

「え、ええ。俺も――」

「もっとしよ」

「え……」

彼女はまだ物足りないようだ。絶頂したことで、むしろ欲望に火がついたようだった。人妻の欲深さに、浩介は一瞬気が呑まれたようになる。

だが、その間にも有紀乃は逸物を握っていた。

「まだ若いんだもの。大丈夫よね」

上気した顔で迫り、ペニスを扱く。

「うう……有紀乃さん——」

射精したばかりの肉棒は敏感になっていた。浩介は身の置き場がないような快楽に腰を浮かせる。

それでも有紀乃は容赦なかった。

「ほらぁ、もう大きくなってきた。浩介くんもしたいんでしょう？」

「ふうっ、ふうっ」

逸物は強制的に勃起させられていた。仰向けの浩介が息を喘がせていると、彼女が上に跨がってきた。

「浩介くんのオチ×チン、好きよ」

ぬるりとした蜜壺が硬直を呑み込んでいく。

媚肉の感触に浩介は呻いた。

「はうっ……」

「んふうっ、入ってきた——」

有紀乃は腰を落とすと、満足そうに息を吐いた。

なんと淫らな人妻だろう。夫婦の営みから遠ざかった三十九歳の欲望はキリがないようだった。

「ああん、これ好き」

騎乗位の彼女は尻を上下に揺さぶり始める。

「あっ、あんっ、んふうっ」

「ほうっ……おおっ、ふうっ」

媚肉に舐められ、肉棒に愉悦が走った。無意識に腰が浮いてしまう。

結合部はぬちゃくちゃと湿った音をたてた。

「あんっ、イイッ。ああん」

「有紀乃さん……」

「浩介くんが一人前になったら――あんっ、いつかこうしたいと思っていたのよ」

淫欲を貪りながら有紀乃は口走る。

それを聞いた浩介は興奮した。

「マジで!?　ううっ、実は俺もずっと……」

「わたしが欲しかった？」

見下ろす人妻の表情は蕩けていた。本能の求めるままに体を弾《はず》ませ、悦びに浸る肉体はいやらしい。

たっぷりした乳房が、ぷるんぷるんと揺れていた。

「ああっ、有紀乃さんっ」

浩介はたまらなくなり、身を起こして乳房にむしゃぶりついた。

「びじゅるるっ、ずぱっ」

「あっひ……ダメえええっ」

途端に有紀乃は身悶える。

浩介は無我夢中で吸いつき、口の中で乳首を転がした。

「れろれろるろっ、ちゅぱっ」

「んあっ、ああっ、イイイッ」

すると有紀乃は喘ぎ、両手で彼の髪を揉みくちゃにした。

「あああっ、もっと。もっとちょうだいっ」

夫婦の寝室に妻の淫らな喘ぎ声が響く。

浩介が面《おもて》を上げると、浅い息を吐く有紀乃の顔があった。

「有紀乃さん、綺麗だ」

「浩介くんもステキよ」

劣情に急《せ》かされるように、二人は互いの唇を求めた。

「ちゅぱっ、レロッ」

「んふうっ、みちゅっ」

自ずと対面座位になっていた。有紀乃は前後に腰を蠢かし、媚肉を擦りつけるようにしていた。

「んっふ、んふうっ、ちゅぼっ……」

舌を伸ばし、男の口中を貪る有紀乃はいやらしかった。むしろ今までその片鱗すら見せていなかったことが不思議に思えてくるほどだ。

浩介は人妻の唾液を啜《すす》りながら、彼女をここまで飢えさせた夫に非難を浴びせたいとすら感じていた。

（こんなにエッチな奥さんを放っておくなんて――）

自分の立場を棚に置き、有紀乃に同情を寄せる。

「有紀乃さんっ」

思い余って浩介は彼女を押し倒した。

「あんっ……」

仰向けに倒れ込む有紀乃。シーツに背中を着けた瞬間、熟乳がぷるんと揺れる。

「浩介くん、激しいのね」

「有紀乃さんがいやらしいから」

今度は浩介が上になり、互いに見つめ合う。

「いっぱい愛してちょうだい」

「ああっ、有紀乃さん——」

正常位で抽送が繰り出される。

「ハアッ、ハアッ」

「んああっ、あふうっ」

ぬめった媚肉が太竿を締めつけた。浩介は夢中で腰を振った。

「ぬおぉぉ……たまらん」

「あふうっ、いいわ」

蜜壺を抉るほどに昂ぶりは増していく。このままいけば、間もなく再び絶頂に至るだろう。

「ハアッ、ハアッ、ハアッ」

ところが、喘ぐ最中に有紀乃は言った。

「思い出した――あんっ。残業は今日じゃなかったわ」

「え。何の話……」

当初は話が耳に入ってこず、浩介は腰を振り続けていた。

有紀乃は続ける。

「旦那よ。今日は定時で帰るって言っていたわ」

「うっ……それじゃあ――」

「もうすぐ帰ってくるかも」

これからフィニッシュへ向かおうというときに、何ということを言い出すのだ。浩介は冷や水を浴びせられたようになり、思わず腰の動きを止める。

「ど、どういうこと……？」

「どういうことって、そのままの意味よ。いいから続けて」

有紀乃は抽送をせがむが、それどころではない。

「いや、待ってよ。じゃあ、小父さんはいつ帰ってくるの」

浩介の背筋に冷たいものが走る。もし、こんなところを林氏に見られたら、とんでもないことになる。ただの不倫では済まないだろう。間男の罪は両親にも伝わり、本人たちだけでなく両家の問題になってしまう。

地獄のような修羅場になるのは目に見えていた。

「どうしよう。俺――」

パニックになりかけた彼はペニスを引き抜こうとした。

だが、有紀乃がそれを食い止める。

「待って。まだ大丈夫だから、途中でやめないで」

「でも……」

狼狽《ろうばい》する浩介に対し、有紀乃はキスで気持ちを落ち着かせようとした。

「驚かせちゃったなら、ごめんなさい。けど、今何時――六時前？　なら、定時に終わっても、家に着くのは七時過ぎだから安心して」

「うう……」

冷静な判断などできるはずもない。本当なら今すぐ服を着て帰るべきだが、肉棒は蜜壺に咥え込まれたままだった。

しかも、有紀乃が下から微妙に腰を蠢かしているのだ。

「ねえ、こんなチャンスは二度とないの。最後までしましょう」

「おふうっ……う……」

言われてみれば、確かにそうかもしれない。浩介の気持ちが揺らぐ。

その反応を見て、有紀乃は追い打ちをかけた。

「セックスレスになる前から、あの人は淡泊だったわ。わたし、ずっと寂しかったのよ」

「う、うん……」

「だから、浩介くんみたいな『本物の男』に抱かれたいの」

十歳も年上の人妻に、「本物の男」とまで持ち上げられたら悪い気はしない。

「有紀乃さん——」

「わたしね、一度でいいからやってみたいことがあるの」

「何ですか」

浩介が訊ねると、有紀乃は広げた脚を宙に浮かせるようにした。

「下から持ち上げてくれない？　マングリ返しして」

「マングリ……」

もちろん浩介も聞いたことはある。女の尻を持ち上げて、上から突く体位のことだ。

アダルト動画で見た記憶もあった。

しかし、実際にやるのは初めてだった。

「い、いくよ。持ち上げますから」

彼は両腕を太腿の下に入れ、力を込める——が、重くて持ち上がらない。

それを見た有紀乃が言った。

「せーので一緒に上げましょう。いい？　せーの」

「それっ――」

二人で息を合わせて再び試みる。今度はうまくいった。有紀乃は体を折り曲げるようにして、尻を浮かせた姿勢になった。

そこへ浩介は覆い被さっていく。

「いくよ」

「きて」

「つく……」

腰を持ち上げて、振り下ろす。

「うふうっ……」

体重がかかると、下になった有紀乃は苦しげな息を吐いた。

心配になった浩介が呼びかける。

「大丈夫？」

「ええ。いい感じよ。続けて」

有紀乃は顔を真っ赤にしつつも笑みを浮かべた。

それを見下ろしながら、浩介は抽送を続けた。

「ほうっ……ハアッ、ハアッ」

「んふうっ、イイッ。奥に響くぅ」

最初はぎこちなかった腰使いも、徐々にこなれていった。硬い肉棒は上から叩きつけられ、濡れそぼる媚肉を抉り込んだ。

「ハアッ、ハアッ。おぉ……」

「んっ、はひぃっ……んあぁっ」

「マングリ返し、気持ちいい？」

「いいわ。とても──あああっ、イッちゃいそう」

有紀乃は体位を気に入っているようだ。悩ましい顔で見上げていた。

浩介も昂ぶっていた。結合部がよく見える。

「ハアッ、ハアッ。ああ、俺ももうすぐイキそう」

「あんっ、いいわ。きて。一緒にイキましょう」

「あああ、有紀乃さぁん」

「浩介くんっ」

腰のピストンは速度を増していく。浩介が振り下ろすたび、肉のぶつかり合う音が響いた。

「ハアッ、ハアッ」

「ああっ、イイッ」

だが、そのときである。突然、家のインターホンが鳴らされたのだ。

浩介の心臓が凍り付く。

「ゆっ、有紀乃さん……？」

「あんっ、イイッ。イクッ、イッちゃうううっ」

ところが、有紀乃は止めようとしない。顔を火照らせ、両手で彼を引きつけた。

「イクッ。ねえ、イキそうなの」

「うっく……ああ、俺も――」

「イッて。全部、出して」

「うはあああっ」

理性は吹き飛んでいた。浩介は無我夢中で腰を振った。

「出る……うわあああっ、イクッ！」

「はひっ……わたしも。イイイイーッ！」

浩介が射精すると同時に有紀乃も絶頂した。大量の白濁が注《そそ》ぎ込まれ、受け止めた人妻の体がわななないた。

「んあああーっ、イクうっ」

「うっ、ううう……」

急がなければ。悦楽の最中にも、浩介は夫と鉢合わせする危険を感じていた。

かたや有紀乃はまだ絶頂を味わっていた。

「あひいっ」

ビクンと震えると、おもむろに彼を押し退《の》けるような仕草をしたのだ。

そして浩介は見たのだった。彼が離れた瞬間、人妻の股間から潮がきらめきながら放物線を描いてシーツを濡らすのを。

（綺麗だな——）

危急の折にあって、なぜか彼はそんなことを思っていた。

だが、それどころではなかった。階下から、林氏の「ただいま」という声が聞こえてきたのである。

さすがの有紀乃も慌てだした。

「浩介くん、早く服を着て」

「う、うん……。うわ、ヤバイ」

慌てているせいで、手元が覚束ない。しかし、彼女にも手伝ってもらい、ようやく服を着直すことができた。

「ベランダ伝いに出られるわ。あなたの靴もここにあるから。もしもの時のために、部屋に持ち込んでおいたの。旦那の方は任せて」

「うん。わかった」

「ごめんね、こんな風になって。でも、楽しかったわ」

「俺も」

「ほら、いいから早く行って」

忙《せわ》しなく別れを告げると、浩介は間男よろしくベランダから脱出した。


「ふうーっ。まさに間一髪《かんいっぱつ》だったな」

林家を抜け出した浩介は、ホッと胸を撫で下ろす。危ないところだった。

しかし、改めて思うと、有紀乃はわざと夫の帰宅時間を計っていたのではないか。今となっては確かめようもないが、彼女にはどこかリスクを楽しんでいるような節があった。

ともあれ助かったのだ。浩介は今一度林家を見やる。今頃有紀乃は何食わぬ顔で夫を出迎えているのだろう。つくづく夫婦の内情は外からではわからないものだ。

「お兄ちゃん!?」

突然後ろから声をかけられ、浩介は飛び上がりそうになる。だが、振り向くとそこにいるのは妹の恵里だった。

「なんだ恵里か。驚かすなよ」

「なんでこんなとこにいるのよ。今、林さん家《ち》から出てきた？」

マズいところを見られただろうか。恵里は実家住まいだった。浩介は一瞬肝《きも》を冷やすが、そこで楓のことを思い出す。

(こいつ、親友の彼氏を寝取ったくせに)

だが、口には出さなかった。楓と約束したというのもあるが、妹にその友人と自分が寝たとは知られたくない。

代わりに別のことを訊ねた。

「違《ちげ》えよ、それより、最近新しいマッチングアプリを使ってるだろ」

「なんで兄ちゃんがそんなことを知ってるのよ」

「ちげーよ。俺んとこにもSNS経由で案内が来たからさ、もしかしてと思って」

思いつきで言ったのだが、これが当たっているようだった。

「そうよ。って言うか、玲子叔母さんが勧めてきたんだけど」

「あー」

やはりそうだった。玲子は浩介だけでなく、恵里にもアプリを勧めていたのだ。一連の疑問が解けたような気がした。

「やっぱりね」

「何よ」

「いや、いいんだ。じゃ、またな」

「え……。って、家寄っていかないの」

「今日はもういいんだ。父さんと母さんによろしく」

恵里は訝《いぶか》しんだままだったが、浩介は構わず立ち去った。まだ股間に有紀乃の温もりを感じていた。妹だけでもしんどいのに、この上両親に顔を合わせる気力はない。それより一人でじっくり考えたいと思った。

第四章　叔母の淫らな企み

週末の港町は賑わっていた。休日の午後とあって、多くの人々がショッピングや散策を楽しんでいる。

浩介もその中にいた。玲子と待ち合わせたのだ。

「遅いな」

有紀乃とベッドをともにした後、彼は電話をかけていた。アプリについて訊ねようとしたのだが、そのとき叔母は忙しそうだった。週末なら時間が取れるというので、直接会うことになったのである。

待ち合わせを十分ほど過ぎた頃、玲子は姿を現した。

「浩ちゃん、待った？」

「待ったよ。遅い」

「ごめーん。今日はご馳走するから勘弁して」

親戚同士ならではの気のおけない会話からデートは始まる。

「ランチの美味しいカフェがあるのよ。行きましょう」

玲子の案内で少し遅いランチとなった。

商店街を歩きながら浩介は言った。

「この辺りは変わらないね」

「そうでもないのよ。行きつけのお店が結構なくなってるもの」

玲子は答える。地元ならではの素っ気ない感想だった。

叔母はハイカラな港町が似合っていた。栗色の豊かな髪をなびかせ、石畳を颯爽《さっそう》と歩くさまは美麗なほどで、四十四歳という年齢を感じさせない。

この日も、襟を立てた白シャツにパンツスタイルが決まっていた。肩に羽織っただけのジャケットも嫌味にならず、雑誌の熟妻モデルのようだった。

「ここよ。このお店」

「うん、わかった」

やがて二人はテラスのあるカフェに入る。

「どうする。テラスの方へ行く？」

「折角だからそうしようよ」

「いいわ」

天気はよく、日差しの暖かいテラス席に座ることにした。

注文も玲子が選び、やがて料理が揃う。飲み物はワインだった。

「昼間から大丈夫？」

「ほんの食前酒よ。休みなんだからいいじゃない」

グラスを掲げる玲子は様になっていた。四年前に二度目の結婚をし、税理士の夫とは上手くいっていると聞くが、彼女は家庭の主婦で収まるようなタイプではない。いつまでも「現役の女」を感じさせる色香があった。

食事も進み、ようやく浩介は本題を切り出した。

「例のマッチングアプリなんだけどさ――」

「どうだった。よかったでしょ」

「う……まあ」

前のめりになる玲子を見て、浩介は口ごもってしまう。この分だと、根掘り葉掘り聞かれそうだ。しかし、彼が知りたいのは別のことだった。

「――それはともかくとしてだよ。あれって、もしかして知り合いばかりマッチングするんじゃないの」

するると、玲子はしたり顔で頷いた。

「やっぱり気付いたか」

「え……。じゃ、そういうことなの？」

「まあね。だってあのアプリ、あたしが作ったんだもの」

疑惑をあっさり認めた上に、さらに意外な告白をした彼女に、浩介は驚いた。

「作った、って――。だって、玲子叔母さん……」

「もちろん得意な人に作ってもらったんだけどね」

玲子によると、アプリはもとより不特定多数にオープンなものではないらしい。電話帳などスマホの内部情報を参照して、繋《つな》がりのありそうな相手にだけ案内が届くようになっていたという。本来は違法な代物だ。

「そうか。それで知人ばっかり……」

「そうなの。だから、実態は小規模なサークルみたいなものかもね」

「なるほどね」

数々の疑問が氷解していった。それで元担任の祥子や近所の有紀乃と繋がったわけだ。楓は妹の恵里経由だろう。

だが、そうなると叔母はなぜそんなものを作ったのか？　おかげで恵里と楓のいざこざにも巻き込まれかけたのである。ひと言でも文句を言っておきたかった。

「あのさ、そうならそうと最初から言ってくれればよかったのに」

「そろそろ出ましょうか」

しかし、玲子にあっさりいなされてしまうのだった。


カフェを出た後、二人は遊園施設に向かった。すでに用事は済んだようなものだが、浩介は玲子の説明をもう少し聞いておきたい気持ちもあった。

「観覧車に乗ろうよ」

「まあ、いいけど」

しかし、何より彼は叔母のことが好きだった。「騙された」と怒っているわけでもない。一緒に過ごす時間が楽しかった。

やがて二人の順番が来て、観覧車が動き出す。

「どうしてマッチングアプリを作ろうと思ったの」

甥の率直な質問に、玲子は目を細める。

「どうして、って。自分が使いたかったからに決まってるじゃない」

「え？　だって、玲子叔母さん——」

叔母の返答に浩介は驚き呆れるばかりだった。正直と言えば正直だが、既婚者である彼女が、ましてや甥に打ち明けるようなことではない。

だが、玲子は気に留める様子もなく、窓の外を指した。

「ほら。ベイサイドタワーが見えてきた」

まさに自由な女、というのがふさわしい。彼女にとって結婚は、なんの足かせにもなっていないようだ。

堅い両親に育てられた浩介には驚きだが、そんな叔母に眩しさも覚える。

「玲子叔母さんは相変わらずだなあ」

それしか言えなかった。叔母の再婚相手とはあまり面識がない。それで夫側の心情に寄り添いきれなかったのかもしれない。

気付くと、観覧車は頂上に差しかかっていた。

「けどね、作ってみて気がついたことがあるの」

玲子が突然言い出したので、浩介は顔を上げた。

「何?」

「圧倒的に男が足りないのよ」

「え……」

叔母の目つきが妖しかった。浩介が呆気《あっけ》にとられている間に、玲子は彼の隣りに席を移す。

「知人ばかりだからかしら。いい男と出会えないのよねえ」

玲子は囁くような声で言い、彼の太腿をさすりだした。

「お、叔母さん……!?」

突然のことに浩介は固まってしまう。叔母の手は、ズボン越しに内腿を這っていた。

「ねえ、浩ちゃんはどうなの？」

「ど、どうって……」

玲子の顔が近づいてくる。シャツの襟元から熟女の肌が覗き、甘い香水の匂いにむせ返りそうだ。

ルージュを引いた唇は、ほとんど耳たぶに触れていた。

「あたしと、したくない――？」

「え……う……」

浩介が顔を真っ赤にして耐えていると、玲子はさらに自分の脚を彼の太腿の上に乗せてきた。

「叔母さんと、気持ちいいことしちゃおっか」

「はうっ、っく……」

耳たぶを甘嚙みされ、浩介はビクンと反応する。めくるめく官能の渦に巻き込まれていき、正常な判断ができなくなっていった。


日暮れ頃、浩介たちはマリーナにいた。玲子がクルーザーに乗ろうと言いだしたのである。

「玲子叔母さん、船なんか持ってたっけ？」

「借り物よ。知り合いの社長が好きに使ってくれって」

一級船舶免許を持つ玲子は係留を解きながら言う。アクティブな女性は顔も広いというわけだ。

やがて浩介も乗船し、クルーザーは港を出発した。

「夜のクルージングなんて初めてだよ」

デッキから声をかけると、玲子が操縦しながら答える。

「海から見る星空はとっても綺麗よ」

「叔父さんともよく行くの？」

彼も一応は親戚だ。叔母の夫婦仲を心配し、探りを入れてみる。

しかし、玲子はやはり玲子だった。

「あの人とは結婚前に一度だけ。ほとんど一人よ」

「へえ」

パワフルで人生を謳歌しているように見える彼女にも、独りになりたいと思う瞬間があるのだろうか。

そうこうするうち、船は沖合に着いていた。周りは、見渡す限り漆黒の海。クルーザーの照明だけが煌々と夜陰を照らしていた。

浩介はデッキチェアに横たわり、星空を眺めている。

「本当に綺麗だね。都会でも、こんなに星が見えるんだ」

「でしょう。浩ちゃんにこれを見せたかったの」

玲子は言うと、サイドテーブルの缶ビールを飲んだ。

波の音だけが聞こえてくる。浩介は思いに耽《ふけ》っていた。マッチングアプリをきっかけに、目まぐるしい日々を過ごしてきたが、たまにはこんな風にボンヤリするのもいいかもしれない。

すると、玲子がふいに立ち上がった。

「ちょっと飲み物を取ってくるわ」

「え？　うん」

まだ飲み足りないのだろうか。浩介は操舵室に向かう叔母の後ろ姿を見送る。

（あのカラダじゃ、男が放っておくわけがないか）

腰を振って歩く玲子の肉体が、夜の中にまばゆく浮かび上がっていた。悩ましいウエストラインが誘うように左右に揺れ、薄手のパンツは丸い尻の輪郭をわざと見せつけてでもいるようだ。

しかし、叔母が見せたかったものとはなんだろうか。

浩介が物思いに耽っていると、玲子が戻ってきた。

「お待たせ。浩ちゃんも、飲む？」

「いや、俺は……玲子叔母さん!?」

そこにいる叔母を見て、浩介は言葉を失った。なんと彼女は生まれたままの姿でデッキに立っていたのだ。照明を背にした玲子のシルエットはまばゆく輝いていた。

「こんなに気持ちのいい夜だもの。あなたも脱ぐといいわ」

「あ……いや、でも——」

最初は夢を見ているのかと思った。

目を丸くする浩介に対し、全裸の玲子が近づいてくる。

「どうしたの。女の裸がそんなに珍しい？」

「う……その……」

近づくにつれ、細部が明らかになっていく。四十四歳の肉体は、十分に熟しながらも磨き抜かれていた。乳房は重たげに揺れながらも張りがあり、ウエストにはくびれもあるが、腰つきはたっぷりとボリュームがある。

土手の恥毛は綺麗に手入れがされていた。

「ハアッ、ハアッ。叔母さん――」

「いつかこうなると思っていたわ」

気付くと玲子はすぐそばまで近づいていた。

昔から浩介にとって玲子は憧れだった。子供の頃など、制服姿の美しい叔母に甘えたフリをしてよく抱きついたものだった。

(玲子叔母さんは、いつもとてもいい匂いがしたな)

記憶にある叔母は、いつも優しかった。子供の浩介がいたずらしてオッパイを触っても怒ったりしなかった。幼い子供が母親の乳房に焦がれているだけと思っていたのだろう。

だが、実際は子供ながらに欲情していたのだった。玲子の膝に抱かれ、優しく頭を撫でてもらいながら、密かに股間を膨らませていたのだ。

その叔母が全裸で目の前にいた。

「玲子叔母さん、俺……」

デッキチェアに横たわる浩介は胸を高鳴らせる。

玲子は顔をジッと見つめたまま、彼の上に跨がった。

「浩ちゃん」

「ん？」

「叔母さんの大切なところを見たい？」

しかし、いつもの叔母ではなかった。やはり尋常ではいられないのだろう。浅い息を吐き、熱に浮かされたような表情を浮かべている。

浩介は毛先の濡れた恥毛を見つめながら言った。

「うん、見たい」

「じゃあ、いっぱい見てね──」

彼女は言うと、彼の顔の真上に跨がってきた。

浩介の視界から星空が消え、代わりにぬめった媚肉が広がった。

「ああ……」

「どう？　あたしのここ」

「すごく……いやらしいよ。ビラビラが飛び出ていて」

「恥ずかしいわ。あたし、浩ちゃんに見られているのね」

「ふうっ、ふうっ。ああ、エッチな匂いがする」

「舐めていいのよ……」

玲子は言うと同時に腰を落としてきた。

浩介の顔を牝臭が覆う。

「うむぅ……ふぁう」

「あっ……。んんっ、いいわ」

顔面騎乗した玲子が喘ぐ。完全に体重は乗せず、媚肉で顔を刷《は》くようにした。

生暖かいぬめりが浩介の目鼻をくすぐる。

「ふぁう……レロッ、オマ×コ――」

「あっふぅ、もっとベロを出して。レロレロして」

「玲子叔母さんのおつゆがいっぱい」

懸命に舌を伸ばし、浩介は割れ目をねぶった。

玲子は時折ビクンと体を震わせる。

「はうんっ、イイッ。上手よ」

「ああ、どうしよう。俺、止まらないよ」

異常なことをしているのはわかっていた。相手は叔母、それも人妻なのだ。あまり懇意とは言えないが、叔父に当たる夫の顔も知っている。昔から知る親戚、年の離れた姉のように慕《した》う玲子に欲情し、その女性器を舐めるに至っては申し開きのしようがないではないか。

だが、叔母もまたこの異常な構図に欲情しているようだった。

「あはあっ、浩ちゃんがあたしのアソコをペロペロしてる」

「ハアッ、ハアッ。じゅるるっ」

「あっふ……イイッ、すごく感じちゃう」

昂ぶるにつれ、徐々に押しつける力が増していった。花弁は盛んにジュースを噴きこぼし、鼻に擦りつけられる牝芯が硬くしこっていく。

いまや浩介は顔中愛液塗れになっていた。

「べちょろっ、ちゅるっ。玲子叔母さんのオマ×コ、美味しいよ」

「ああっ、思った通りよ。浩ちゃん、大きくなったのね」

玲子は褒めそやしながら、後ろ手に彼の股間をまさぐった。

最初は探りあぐねていたが、やがてズボンの中の逸物をつかみ取る。

「ほらあ、こんなに立派になって」

「はぐぅっ……お、叔母さんっ」

すでに勃起していた肉棒を乱暴に扱かれ、たまらず浩介は呻く。

しかし、玲子は手コキと顔面騎乗に夢中だった。

「あんっ、ああっ。カチカチのオチ×チン」

「ぷはあっ、ハアッ。ヤバいよ、そんなに強く――」

「叔母さん、濡れてきちゃった。ねえ、浩ちゃんは？」

「俺も……はううっ。そんなに扱かれたら、出ちゃうよ」

「あら、そうなの――」

浩介の訴えを聞き、玲子はふいに手コキをやめて尻を浮かせる。

「ダメよ、まだイッちゃ」

たしなめるように言うと、顔の上から退いた。

浩介の頬に久しぶりの外気が当たる。夜の潮風は生暖かく、ほんのりと磯の香りがした。あるいは、渇きかけた牝汁の匂いかもしれない。

「ハアッ、ハアッ」

「邪魔は入らないわ。たっぷりと楽しみましょう」

玲子は言うと、彼のズボンを下着ごと脱がせた。

「ほら、上も脱いじゃって」

「うん」

もはや浩介にもためらいはない。

こうして叔母と甥は揃って全裸になった。

「玲子叔母さん、俺――」

「あなたはそのままでいて。わたしが上になるわ」

「うん」

夢でも見ているようだった。幼少期に身近な女性に憧れを抱くのは、男子なら普通のことだろう。相手が親戚である場合も多い。しかし、大抵は思春期ともなれば、血縁関係のある相手は自ずと忌避《きひ》するものだ。

その叔母が、彼の陰茎を愛おしげに握っているのだ。

「こんなに立派になって。想像以上だわ」

男関係が豊富そうな叔母をして、「想像以上」と言わしめたのは、男として誇らしく感じざるを得ない。

浩介はうっとりと見上げながら言った。

「玲子叔母さんが綺麗なせいだよ」

「まあ、この子ったら。そうやって女の子を誑《たぶら》かしているのね」

玲子は上に跨がり、硬直を逆手に数度扱く。

浩介はビクンと跳ねた。

「おうっ……。叔母さん、俺もう――」

「こうされると、オチ×チンが気持ちいいの？」

「う、うん……」

「ヌルヌルしたおつゆがいっぱい出てきてる。オマ×コ欲しい？」

「欲しいよ……っく。ううっ」

「やだぁ。浩ちゃん、エッチな顔してる」

煽るようなことを言う玲子だが、自分も頰を紅潮させている。

「どうしよう。浩ちゃんのオチ×チンがあたしのここに――」

彼女は言いながら、握った肉棒の先っぽを花弁に擦りつけた。

ぬめった感触に浩介は呻く。

「うはあっ、それ――ハアッ、ハアッ」

「ああん、カチカチの亀頭が入りたがってるよ」

肉ビラが亀頭の粘膜を舐め、浩介の劣情をいやが上にも煽った。

「ううぅっ、玲子叔母さん早く……」

「あたしも欲しいの」

「だったら早く……ああ、俺もう」

「ああん――」

言い合う途中で玲子が腰を落としてきた。

肉棒はぬぷりと媚肉に突き刺さった。

「おうっふ」

「ん……ふうっ」

やがて玲子は息を吐き、腹の上に尻を据えた。ついに一線を越えたのである。

「ハアッ、ハアッ」

浩介は挿入の悦びに昂ぶっていた。叔母と繋がってしまった。拭いきれない背徳感に胸が押し潰されそうになる。

一方の玲子もまた、自らの行いに複雑な心境のようだった。

「浩ちゃんのが入っちゃった。あたし、悪い女ね」

「そんなことを言ったら、俺だって」

「でも、感動してるの。気持ちいいもの」

「お、俺も……」

「挿れてるだけでもイッてしまいそう――。ああっ」

尻を据えた玲子は前屈みになり、唇を重ねてきた。

浩介も舌を出して迎える。

「玲子叔母さん。レロッ……」

「んふうっ、浩ちゃん……ちゅばっ」

濃厚なキスは互いの唾液を貪り合った。下半身がつながった状態でするキスは、より貪欲な気がして一層熱がこもる。

「ぷはあっ――浩ちゃん、行くわよ」

顔を上げた玲子は言うと、おもむろに尻を上下させ始めた。

「あんっ、あっ、あふうっ」

満々と水をたたえた媚肉は、ぶつかり合うたび湿った音を立てる。

粘膜で擦られる太竿は悲鳴を上げた。

「うはあっ、おうっ……すごいよ」

デッキチェアの浩介は思わず腰が浮きそうになる。

それを玲子の尻が押さえつけた。

「ああっ、いいわ。奥に当たる」

「玲子叔母さんのオマ×コ、ヤバいよ。ヌルヌル絡みついて――ううっ」

「浩ちゃんこそ……ああん、中でピクピクしてるのよ」

蕩けた表情で見下ろす姿が凄艶であった。甥のペニスを貪るさまを眺めると、叔母が四十を過ぎても美しい理由がわかる気がした。

彼女は天性の好き者であった。

「叔母さんの……くはあっ、締まる――」

硬直は絡め取られ、湧き出る泉で溶かされていく。

自ずと彼の腰も動いていた。

「ほうっ……」

「んああーっ、イイッ」

すると、突き上げられた玲子も敏感に反応する。目を閉じて、天を仰ぐようにして悦楽を味わうのだった。

「あひいっ、もっと」

そして、さらに体を弾ませる。熟女らしい脇腹の余裕がぷるぷる揺れるさまがセクシーだった。

たまらず浩介は起き上がる。

「玲子叔母さん、俺ずっと——」

万感の思いを込めて、揺れる乳首に食らいつく。

「——ずっと好きだった。ちゅぱっ」

「んああーっ、ダメえーっ」

すると、玲子も彼の頭を抱きかかえた。愛おしい男を胸に抱き、女の勝利を世界に誇っているようだった。

甘い体臭に抱かれた浩介は幸せだった。

「ちゅぱっ……ああ、いい匂いがする」

「浩ちゃん、あっふ……そんなに吸っちゃ」

「だって、たまんないんだよ。興奮するんだ」

彼は無我夢中でしこった乳首を吸った。かつて姉のように慕った美叔母の巨乳が、こうして手の中にある。そう思うだけで肉棒がますますいきり勃つのだ。

それほどに玲子は女として魅力的だった。

「ああん、いいの」

「玲子叔母さん――」

顔を上げた浩介は叔母と見つめ合う。

「浩ちゃん」

「お、俺……その……」

「可愛い唇ね」

言いかけたところで、玲子が舌を絡めてくる。

また唾液が通い合う熱いキスが始まった。

「ちゅばっ、ふぁう……」

「んふうっ、レロッ」

もう何度目のキスだろう。だが、浩介はいくらキスしても飽きなかった。玲子の舌使いはいやらしく、舌を絡め合っているだけで蕩けてしまいそうだ。

「ん……浩ちゃん――」

玲子は彼の顔を両手で挟み、舌を抉り込むようにした。

ぴちゃぴちゃと粘った音が鳴り、夜空に消えていく。静かな波が船を叩く音も同じように響いていた。

「こうやって見つめ合うのもいいわね」

ふとキスをやめた玲子が言い出す。

息のかかる距離で浩介は答えた。

「叔母さんと、こんな風になるなんて思わなかった」

「そう？　あたしはいつかこうなると思っていたわ」

すると、彼女は以前から彼のことを性的に見ていたというのだろうか。

今度は浩介が訊ねる。

「どうして？」

「どうしてって――わからないわ、そんなの」

玲子にも明確な答えがあるわけではなかったらしい。

「でも……」

「そうね。あたしは、マッチングアプリを作った。それも、知人ばかりが繋がるアプリを」

「うん」

「つまり、いつ浩ちゃんと繋がってもおかしくなかった」

「ってことになるよね？」

浩介が聞き返すと、玲子の顔に意味ありげな笑みが浮かんだ。

「まあ、浩ちゃんったら」

「え？」

「叔母さんとこうなっちゃったことを不可抗力にしたいのね。そうよ、全部あたしが仕組んだことだもの。浩ちゃんは悪くないわ」

図星を指された上に、幼子をあやすように諭《さと》され、浩介はにわかに恥ずかしくなり、顔を赤くした。

「そういう意味じゃないけどさ」

「いいのよ。そこが浩ちゃんのいいところだもの」

「そうかな」

「ええ。開き直った浩ちゃんなんか見たくないわ」

彼女は言うと、おもむろに尻を上下させ始めた。

「あんっ、ああっ。今は、とにかく感じましょう」

「おうっ……うん。ああっ、玲子叔母さんっ」

悦楽が再開され、浩介が一瞬感じた気後《きおく》れも消えていく。やはり叔母は叔母だった。甥の葛藤《かっとう》を愛おしく思いつつ、彼の男が立つように気配りしてくれているのだ。

彼もなんとかその思いに報いたかった。

「ハアッ、ハアッ、ううっ」

「あんっ、あふうっ」

弾む玲子の両脇をつかみ、浩介自ら腰を突き上げる。

「ぬおっ……おうっふ」

「あっひ……イイッ」

効果はてきめんだった。突き上げられた玲子は身を震わせ、悦びの声を高らかにあげた。

対面座位で浩介が抽送を繰り出す。

「ハアッ、ハアッ、ぬおっ」

「イイッ、イイッ、んんっ」

玲子の熱い吐息が顔にかかる。

彼は貪るように女の甘い息を呑んだ。

「ふはあっ、玲子叔母さん……」

「ああん、いいの。オチ×ポが奥に――」

玲子は少し尻を浮かせた姿勢で、突かれるままに身を委ねていた。

食い締めた花弁から溢れる愛液がシーツを濡らしていく。

「んああっ、もっとぉ」

「ハアッ、ハアッ、ハアッ」

浩介は息を切らし、懸命に肉棒を突き上げる。だが、次第に苦しくなり、背中側に倒れて後ろ手をつき、腰だけ動きやすいように体勢を変えた。

これは具合がよかった。

「ハアッ、ハアッ、おお……」

「あっふ……んああっ、イイッ」

玲子は膝をついた姿勢のまま愉悦に喘ぐ。

浩介は下から突き上げた。

「ハアッ、ぬお……ハアッ」

媚肉を肉棒が出入りするのがよく見える。腰を落としたとき、花弁は竿肌に貼り付いて伸び縮みしていた。

しかし、これは苦しい体勢だった。

「ああん、もう──」

先に玲子が耐えきれなくなり、前のめりに覆い被さってきた。

再び浩介はデッキチェアに寝転んだ。

「おうっ……」

「ああっ、浩ちゃんステキよ」

彼女は言うと、膝のクッションを使って上下し始める。

「あんっ、あああっ、イイッ」

「ハアッ、ハアッ」

官能はいつ果てるともなく続いた。快楽に溺れる浩介は、日頃の憂さや悩みなど忘れていた。玲子の喘ぎ、蕩けた表情、肉の震える感触が全てであった。

「おおっ、玲子叔母さん――」

彼は自ずと叔母の太腿に手を伸ばす。親指で鼠径部をなぞり、草むらを抜けて、湿った裂孔に肉芽を見つけた。

「イヤアッ、ダメえええっ」

途端に玲子は身を反らす。敏感な部分をまさぐられ、背中を弓なりにしてわなないたのだ。

その反動が、彼女の動きにも現れた。

「あっふ……んふうっ」

これまで上下だったのが、前後の動きに変わっていた。彼の腹に手をつき、少し前屈みになって、媚肉を擦りつけるようにしたのだ。

快感の変化は浩介をも襲う。

「ぬああっ、おうっ……」

蜜壺が複雑に蠢き、太竿を揉みくちゃにしたのだった。根元から振り回され、特に裏筋を圧迫されるのだ。

「んああっ、浩ちゃんっ」

「うはあっ、玲子叔母さんっ」

「ねえ、感じてる？」

「も、もちろん。叔母さんこそ——」

「あたしもいいわ。よすぎて——あっ、イキそうかも」

突然ビクンと震えた玲子がアクメの予感を訴える。

だが、絶頂を見据えていたのは浩介も同じだった。

「俺も……。あああっ、ヤバいよ」

「浩ちゃんっ」

ついに玲子はぺたんとうつ伏せ、完全に体を預けてきた。

自ずと顔と顔が近くなる。

「一緒にイキましょう」

「うん」

「あたしピルを飲んでいるのよ」

「え？」

「中に出して。浩ちゃんのを全部」

「玲子叔母さん……」

叔母の囁き声は、浩介の耳の中で福音の鐘のごとく鳴り響いた。

「いいんだね」

「ええ。きて」

「叔母さんっ」

そして抽送が始まった。浩介は玲子の体を抱きしめ、尻に力を入れて肉棒を突き上げた。

玲子が激しく身悶える。

「んあーっ、イイーッ」

「ハアッ、ハアッ、ハアッ」

熟女の重みが心地よかった。彼は汗ばんだうなじに吸いつきながら、後先考えずに腰を使った。

上で玲子は揺さぶられるまま、頂点へと向かっていく。

「ああっ、イイッ。もっと。はふうっ」

浅い息遣いは一層不規則になり、顔を耳まで真っ赤に染めて息んだ。四十代人妻の欲望を全身で表わしていた。

下からのピストンは小刻みに、だが確実にスピードを増していく。

「ハアッ、ハアッ。もう、ダメだ……」

「あたしも――あひいっ、イッちゃうううっ」

「玲子叔母さん、俺……おううっ、出るうっ！」

力を溜めた矢が一気に放たれた。大量の白濁は彼の下半身を突き抜け、太茎を貫《つらぬ》いて蜜壺へと放たれる。

続けて玲子も絶頂した。

「イヤ……あああーっ、イクッ。イクうううーっ！」

四肢の筋肉を強《こわ》ばらせ、身を縮めるようにした。その拍子に下腹部が引き攣れたようになり、彼女は一瞬息を詰まらせた。

「あっ、あっ、あっ、あっ、あっ」

不随意筋が蠕動《ぜんどう》し、漏れる声にスタッカートがかかる。

その収縮に合わせ、どくり、どくりと玲子の中に白濁が搾られてゆく。そうしてやがて、熱狂の時は過ぎた。

「ハアッ、ハアッ、ハアッ、ハアッ」

「ひいっ、ふうっ、ひいいっ、ふううっ」

見上げると、遠くに港町のネオンが輝いていた。いつしかこんな沖合にまで来ていたのだ。叔母と甥が禁断の関係を結ぶには、この光景と同じように世間から遠く離れる必要があったのかもしれない。


劣情を満たし、二人はひと息入れていた。裸のままデッキチェアに横たわり、ランタンの明かりで波の音を聞いていた。

「──で、アプリはどうだったの」

ふと思い出したように玲子が訊ねてくる。

やはり聞かれることになるのか。浩介はそっと吐息を漏らすが、結ばれる前とは心境も違っていた。しかも、叔母は開発者なのだ。首尾を知りたがるのは当然だろう。

彼は答えた。

「まあ、ひと言で言えば文句なしだね」

「それは何より。具体的にはどうなの」

そこで浩介は、祥子との出会いから話し始めた。普通ならヤッた女の話など、別の女性にするのは憚《はばか》られるが、相手が叔母だと気にならなかった。

そして玲子も、彼の体験談を興味深そうに聞いていた。時折、「へえ」とか、「まあ、そうなの」などと合いの手を入れては、話を促すのだった。

ことに彼女が手を叩いて笑っていたのは、楓とのことだった。妹の恵里がその彼氏を寝取ったという件である。

「もう、恵里ちゃんはしょうがないわね。誰に似たのかしら」

玲子にとっても恵里は姪である。その姪が、友人の男を寝取ったと聞いても、彼女は怒るわけでもなく、面白そうに笑うだけだった。

おかげで浩介も屈託なく話すことができた。

「母さんに似てないのは確かだから、やっぱり玲子叔母さん譲《ゆず》りじゃないの」

「あら、言うわね。けど、そうかも」

叔母と甥は顔を見合わせて笑う。仲のいい親戚同士の会話と言えばそうだが、一つ違うのは二人とも全裸だったということだ。

すると、玲子がまた思い出したように言う。

「そうそう。出会いと言えば、浩ちゃんは好きな人いないの」

「え……。いや、いなくもないけど」

「どっちなのよ」

「いるっちゃいるけどさ、向こうは俺が好きなことも知らないし」

「あー、片想いしてるってやつね」

このとき浩介が思い浮かべていたのは、後輩の未央のことだった。

玲子が続ける。

「好きな子だって知り合いなんでしょ？　だったら、このアプリを通じて繋がるっていうこともあるんじゃない」

「あー……確かに」

言われてみれば、確かにそうだった。意外なことに浩介は今までその可能性に気付いていなかったのだ。

(高崎未央と待ち合わせてホテルで――)

想像するだけで下半身が疼いてくる。だが、彼はすぐに自らの妄想を否定した。未央に対する想いは純粋なつもりだった。マッチングアプリなどで出会い、事を致すような相手ではないのだ。

そもそも明るくて真っ直ぐな未央が、マッチングアプリなど使うわけもない。

(それとこれとは別だよな)

すると、玲子は甥の憂い顔に気付いたのか、改めて言った。

「すぐに結論を出す必要はないのよ。ゆっくり考えるといいわ」

「うん。だよね」

叔母に慰められ、なぜか浩介はホッとする。

しかし、下半身では別のことが起きていた。

「もう少しこうしていたいわ」

玲子は夜空を見上げ、何気なく言うが、その手は浩介の股間に伸びていた。

鈍重な状態の逸物を握られ、浩介は呻く。

「ううっ」

「なんだか世界から離れて、あたしたちだけになったみたいね」

滔々《とうとう》と詩的なことを述べながら、玲子はペニスを扱いてきた。

「玲子叔母さん。ちょっ……」

「あたしが海を好きなのはね、こんな風に少しの間だけでも、世間から遠ざかれるからなの」

普段は精力的で物怖じしない玲子だが、やはり女性だ。ときには感傷的になることもあるのだろう。

だが、肉棒をまさぐる手は、別人格のごとく念入りに愛撫してくるのだった。

「ハアッ、ハアッ」

次第に浩介の息が上がってくるのと比例して、肉棒は勃起していった。

玲子の指が、先走りの浮かぶ亀頭を捏ねまわす。

「やっぱり若いって素晴らしいわね。こんなに元気なんだもの」

「だってそれは……ハアッ、ハアッ」

たまらなくなった浩介はついにムクリと起き上がる。

「もう少しここにいるんでしょう？　だったら叔母さん――」

相手がそのつもりなら、彼も受けて立つつもりだった。

ところが、玲子はふいに手コキをやめてしまう。

「待って。まだダメよ」

「え……なんで」

冷や水を浴びせられた浩介はとまどう。自分で誘惑しておいてどういうつもりだ。

すると、玲子は言った。

「叔母さんはね、あなたみたいに若くないの」

「そんなことないよ。こんなに綺麗なのに」

浩介は勃起物を持て余し、即座に否定する。

だが、玲子は落ち着き払った態度で、デッキチェアにうつ伏せになってしまう。

「浩ちゃん。ねえ、マッサージしてくれない？　肩と腰がしんどいのよ」

「え？　ま、まあいいけど……」

彼はとまどいながらも答える。叔母の言動はいつも謎めいているのだった。今さら驚いてみても始まらない。

それでも、肉体に触れることは許されたのだ。

「わかった。じゃあ、やるよ」

「本当？　ありがとう。助かるわ」

そうして浩介は立ち上がり、うつ伏せる玲子の腿裏辺りに跨がった。

「腰が凝っているの？」

「そう。腰骨の脇辺りを押してくれる」

「わかった」

彼は素直に両手の親指で叔母の腰を押し始めた。

圧力がかかると、玲子は気持ちよさそうな声をあげる。

「あぁ～、いいわ。すごく効く」

「そう？　痛くない？」

「ちっとも。もっと強くてもいいくらい」

肉付きのいい腰回りは柔らかく、触れると温かだ。肌はしっとりと手に吸い付き、肌のきめ細かさを感じる。

「ふんっ。ここはどう――それっ」

「んふうっ、上手よ」

いつしか玲子の声に艶っぽさが増してくる。

懸命にマッサージする浩介。しかし、触れる女体の温もりは悩ましく、たっぷりした尻が食欲をそそった。

「ふうっ、ふうっ」

しかも、肉棒はいまや盛大に勃起しているのだ。そして、そのすぐ下には愉悦の約束された花園が秘められている。

「ん。すごく上手。肩の方もお願いしていいかしら」

うつ伏せで脱力し、隙だらけの熟女は魅惑的だった。

だが、この申し出は浩介にとっても幸いだった。

「わかった。肩の方ね」

彼は言うと、親指を背骨に沿うように上へと動かしていく。

「んあぁ、それいいっ」

思わず漏らす玲子の声は、まるであの最中のようだ。

いやが上にも浩介の欲情はそそられる。

「ふうっ、ふうっ」

彼は肩を揉むのを口実に、前屈みになっていく。そうすると、肉棒が尻の谷間に挟まれて気持ちよかった。

「玲子叔母さん、どう？」

「ええ、上手よ。だけど、お尻に変なものが挟まっているわ」

うつ伏せで表情は見えないが、彼女も徐々に興奮しているようだった。

浩介の体は、ついに玲子と重なった。

「玲子叔母さん……」

彼女の髪を脇に避け、うなじに顔を埋める。いい匂いがした。浩介は自ずと舌を伸ばし、首筋を舐めていた。

「レロッ……」

「あんっ、浩ちゃんったら」

玲子がビクンと震える。腕枕に埋めた顔が、肩越しに彼を見やる。

「興奮しちゃったの？」

「う、うん。だって——」

顔が近かった。浩介はさらに彼女の耳たぶを噛んだ。

玲子は嬌声を上げる。

「ああん、もう。いけない子ね」

玲子の手にかかれば、ウブな浩介など赤子の手を捻《ひね》るようなものだ。手コキで欲情させ、マッサージで散々焦らして劣情を催させる。

彼もまた、そんな叔母の手管《てくだ》に振り回されるのが嫌ではなかった。

「もう一回しようよ」

「いいわよ。ただ——」

「ただ、なぁに？」

「このままでしてほしいの」

浩介は一瞬彼女の言う意味がわからなかった。「このまま」とは、いったいどういうことだろう。

彼が訊ねると、玲子は聞き返した。

「寝バック、ってわかる？」

「ううん。知らない」

「わたしがこのまま——うつ伏せのままで、浩ちゃんが後ろから挿れるの」

彼女はこともなげに言うが、浩介にとっては未知の体験だった。

「うつ伏せのままって……そんなことできるの」

「なら、試してみなきゃわからないじゃない」

玲子の言うとおりだった。浩介は心を決めて、一旦起き上がる。

白く艶《あで》やかな熟女の尻。月明かりに照らされて綺麗だった。

「一回、お尻に挟んでみてもいい？」

先ほどの感触が忘れられなかった。彼が訊ねると、玲子は言った。

「いいわよ。浩ちゃんのしたいようにして」

「やった」

浩介は勇んで前屈みになり、硬直を尻の谷間にあてがった。

「玲子叔母さんのお尻、あったかいよ」

蜜壺に挿入するのとは違い、柔らかなクッションに埋もれるような感触だ。

うつ伏せの玲子はクスクス笑い出す。

「なんだか変な感じ。でも、硬いのはよくわかるわ」

「動かしてみるね」

浩介は腰を前後に動かしてみる。しかし、当たり前だが抽送の感覚はない。空振りしているような感じだった。

「あれ？　くっ……」

「ねえ、両手でお尻を押さえてみたら」

甥の奮闘を微笑ましく見守る叔母は、焦れったくなったのかアドバイスする。

しかし、浩介にとっては天啓《てんけい》だった。

「あ、そうか」

「うふふ。浩ちゃんったら」

「じゃあ、いくよ」

助言通りに彼は両手で玲子の尻を中央に寄せる。

「ふんっ」

そして腰を振ってみた。今度は悪くない。

「おおっ、ふうっ」

「どう、感じる？」

「う、うん。玲子叔母さんのお尻、気持ちいいよ」

汗ばんだ尻は滑りもよかった。包み込まれるような感じはないが、摩擦は蜜壺よりきつかった。挿入すると言うより、手コキに近い感覚だろうか。

「ハアッ、ハアッ」

「んっ……。浩ちゃんの激しい息遣いが聞こえる」

「ふうっ、ふうっ。いやらしいお尻」

「なんだかわたしも変な気分になってきちゃった――あんっ」

最初は児戯を見守る態度だった玲子だが、次第に感じ始めてきたらしい。

「オチ×チンに擦られて……あんっ、お尻がムズムズするみたい」

「叔母さんも気持ちいいの？」

「ええ。とっても不思議よ。こんなの初めて」

経験豊富な叔母に「初めて」などと言われ、若い浩介は奮い立つ。

「玲子叔母さんの初めてを俺が……」

「あんっ、あっ。ねえ、そろそろいいんじゃない」

いつしか玲子の息遣いも荒くなっている。

だが、浩介は尻姦に夢中だった。挿入より手コキに似ていると表現したが、実際自分の力加減で刺激も変えられるところが自慰に近い。

「ハアッ、ハアッ、ハアッ」

「んっ、あっ」

一方、玲子にとっては、やはりどこか物足りないのだろう。小さく喘ぐものの、それ以上に燃え盛ることもなかった。

ついに彼女は痺《しび》れを切らした。

「浩ちゃん、お願い。あたしも欲しくなってきちゃったの」

「ハアッ、ハアッ」

「自分ばっかりズルいわ。オマ×コがビチョビチョなのよ」

「う、うん……」

再三請《こ》われ、さすがに浩介も我に返る。ようやく腰を振るのをやめた。

「ふうーっ。よかった」

玲子はホッと息をつく。

「あたしが脚を開いた方が挿れやすいわ。一回、どいてくれる？」

「わかった」

浩介が一旦退くと、彼女は脚を広げ、デッキチェアの脇に垂《た》らした。

すると、これまで隠れていた媚肉が顔を見せる。

「いいわ。さっきと同じようにきて。ただし、お尻はダメよ」

「わかってるよ」

割れ目はヌラヌラと濡れ光っていた。先ほどたっぷりと彼の白濁を搾《しぼ》り取った膣である。浩介のリビドーはそこへの回帰を願っていた。

「いくよ」

彼は玲子の背中に覆い被さり、慎重に肉棒を花弁にあてがう。

先端が触れた途端、彼女はビクンと震えた。

「ああん」

「おぉ……入っていく」

豊満なヒップが邪魔だったが、亀頭が埋もれると後は簡単だった。

気付いたときには、可能な限り奥まで入っていた。

「んふうっ、やっぱりいいわ」

「俺も。お尻もいいけど、やっぱりオマ×コが一番だね」

「うふふ、バカ言って。ほら、早く感じさせてちょうだい」

「わかってるよ」

相手が叔母で人妻な以上、どこまでも背徳感は拭えなかった。その反面、長年互いをよく知るだけあって、一線を越えてしまいさえすれば、全く見知らぬ他人同士よりも自分に正直にもなれるのだった。

浩介は抽送を繰り出していく。

「ふうっ。ふんっ」

「あっ……きた」

「ふうっ、ふうっ」

それでも最初はぎこちなかった。尻の厚みが邪魔をして、正常位のようなわけにはいかない。

それをカバーしたのが、玲子の言葉だった。

「あんっ、いいわ。この体位だと、すごくイキやすいの」

「そうなの？」

「ええ。だから、激しく愛してちょうだい」

寝バックを所望した理由を告げられ、浩介の抽送にも力がこもる。

「うおぉっ、ハアッ、ハアッ」

どうしても振幅が小さくなる分、彼は腰を早く振った。

すると、玲子の喘ぎ声も大きくなっていく。

「んああっ、イイッ。それよっ」

「うおぉ、中で――オマ×コで握り締められているみたいだ」

「あたしもいいわ。奥で、カリの所が擦れるの」

二人は互いの悦びを伝え合い、快楽に没頭する。

やがて玲子も自ら尻を蠢かしてきた。

「あんっ、ああん。さっきよりも感じちゃう」

「お尻が好きなんだね」

「お尻が好きなのは浩ちゃん、あなたでしょう」

くいっくいっと尻を上下させ、玲子は身悶える。貪欲な下の口は太茎を咥え込み、しっかりつかんで離さなかった。

とめどなく牝汁は漏れ、抽送を助けてくれた。

「ハアッ、ハアッ。ああ、叔母さんのお尻、気持ちいいよ」

十分に根元まで差し込めず、最初は物足りないと思った寝バックだが、熟尻に押しつける感じが新鮮で、浩介も次第にこの体位を気に入ってきた。

「んああっ、いいわ」

玲子のボルテージも上がっていく。それと同じくして尻の上下動も大きくなっていった。

「玲子叔母さんっ」

たまらなくなった浩介は、尻が浮いたタイミングで、彼女の体勢をとどめようとした。やはり奥まで突き入れたい。普通のバックでしたかったのだ。

「あんっ、ダメよ……」

玲子は抗《あらが》おうとするが、愉悦に負けて逆らいきれない。

これに乗じて浩介は尻を持ち上げさせることに成功した。

「あああっ、玲子叔母さんっ」

自由になった状態で腰を突きまくる。

肉棒は、よくこなれた蜜壺を滅茶苦茶に掻き回した。

「んああっ、イイイーッ」

激しい抽送に玲子も喘ぐ。襲い来る快楽には勝てなかった。

「ハッ、ハッ、ハッ、ハッ」

「あっ、あんっ、ああっ、んっ」

玲子はデッキチェアに頭を預け、尻だけを浮かせた姿勢で身悶えた。

背後の浩介がその下半身を支えている。両脚をガニ股にして踏ん張り、懸命に腰を振っていた。

「うおぉ……ハアッ、ハアッ」

陰嚢に響く快感だ。根元まで突き入れられる悦びに身震いさえしてくる。

玲子の肉体は、まさに尽きせぬ快楽の泉であった。若い女では決して味わえない奥深さがあるのだ。ほどよく脂《あぶら》の乗った背中も、うつ伏せると潰れて横に広がる乳房も、すべてがまるで男を欲情させるための計算とすら思えてくる。

「あはぁ、いいの——」

甥のペニスに我を忘れ、彼女は雌犬のように息を切らす。

(なんていやらしい叔母さんなんだ)

浩介は自分の行為を棚に上げて思う。彼女は自分の欲望のためにマッチングアプリまで作ったのだ。その行動力と貪欲さに舌を巻く思いだった。

「んああっ、ダメよ。あたし、もうダメ」

やがて玲子は言うと、堪え切れなくなったように腰砕けになる。

途端に浩介の腕は重みに耐えられなくなる。

「うおっ……」

実際、これまでは玲子自身も自分の力で立っていたのだ。それが突然全体重を預けられ、彼も支え続けることができなくなっていた。

「んふうっ」

「ううっ」

自ずと再び寝バックの体勢になっていた。

しかし、それで快楽を諦める二人ではなかった。

「いっぱい突いて。浩ちゃんのを全部出して」

「俺も……っく。ああ、どうにかなってしまいそうだ」

「なっていいのよ。あたしだってとっくに——あんっ。おかしくなってるんだから」

「玲子叔母さぁん」

浩介は呼びかけながら、叔母の尻に腰を押しつけた。

玲子も甥の奮闘に応える。

「んあああーっ、イイッ。浩ちゃん、すごいわ」

丸みを帯びた肩は激しく上下し、息せき切って愉悦を訴えた。二人の振動でガタガタ揺れるデッキチェアをつかむ手にも力がこもる。

「ハアッ、ハアッ、ううぅっ……」

「んはあっ、あっ……イイッ」

結合部はくちゅくちゅと淫らな音を立てていた。少し波が出てきただろうか。何度かクルーザーが大きく揺れ、それが抽送にランダムな変化を付け加えた。

「はひぃっ、イイイーッ」

すると、玲子がふいに喘ぎ身震いする。

「ダメ……あたし、もうすぐイッちゃいそうだわ」

やはり寝バックがいいのだろう。絶頂が近いことを訴えてきた。

一方、浩介もまた昇り詰めつつあった。

「うあぁっ、なんだこれ——」

先ほどの揺れが影響したのか、蜜壺がうねり始めたのだ。大海原のごとく膣壁が波打っては、肉棒をたぐり込むように刺激してくるのだった。

「ハアッ、ハアッ。イクよ。このまま出すよ」

「きて。あたしも……んあああーっ、ダメえええっ」

玲子はデッキチェアをきつく抱きしめるようにして愉悦に耐える。

浩介は本能のまま腰を突き入れた。

「あああっ、玲子叔母さんっ。気持ちいいよ」

「あたしも。あふうっ、一緒にイキましょう」

「イクよ。出しちゃうよ」

「出して。全部。あああーっ、飛んでいっちゃう」

「叔母さぁん」

「浩ちゃんっ」

抽送は小刻みに、だが激しさを増していく。

打ち付けられる熟女の尻はほんのり色づいていた。

「あひいっ、ダメ……。イクうっ、イイイーッ！」

先に達したのは玲子であった。グッと身を縮めるようにしたかと思うと、次の瞬間には絶頂を叫んでいるのだった。

その反動は浩介にも返ってくる。

「んんうっ、出るっ！」

玲子がイッた拍子に、蜜壺がきつく締めつけてきたのだ。叔母が絶頂したのに安心したのもあり、たまらず全部出していた。

「うはあっ」

「んあああっ」

締め付けの波は幾度か繰り返された。その都度玲子は喉を反らし、腰から下だけをガクガクと揺らした。

めくるめく官能の一時は、こうして幕を閉じたのだった。

「ハアッ、ハアッ、ハアッ、ハアッ」

まだ息の整わないうちに、浩介は彼女の尻の上から退《ど》く。

「んふうっ……」

ペニスが抜け落ちる瞬間、玲子は大きく息を吐いた。さすがの彼女も苦しそうであった。

浩介はその脇にペタンと座り込み、絶頂した叔母の顔を覗き込む。

「玲子叔母さん?」

すると、玲子も火照った顔を見せて言う。

「すごくよかった。これで思い残すことはないわ」

「叔母さん……」

　そして二人はもう一度キスをした。下の口はぽっかりと開いたまま、こちらも満足そうに白いよだれを垂らしているのだった。


　陸に戻った頃には、すっかり夜も更けていた。

「今日のことは、お母さんには絶対内緒だからね。いい？」

「もちろん。言うわけないじゃないか」

　服を着直した二人は、元の叔母と甥に戻っていた。

　そのせいか玲子は言うのだった。

「こんなことになってしまったことだし、例のアプリは近いうちに消しちゃおうと思ってるんだけど。構わない？」

「え？　ああ、うん。叔母さんがそれでいいなら」

　叔母も自分の行為が行きすぎたと反省しているようだった。浩介はアプリを抹消するという意見に賛同したが、心の中では未央のことを思い浮かべていた。本音ではやはり未央を抱きたかったのだ。

第五章　バージン・ラブ

浩介は営業車を運転していた。助手席には未央がいる。この日は、近県にある取引先を回っているのだった。

「のどかな所ですね」

車窓に景色を眺めて未央が言う。車が走っている国道沿いは、見渡す限り田畑が広がっていた。

運転席の浩介は答える。

「ああ。ただあまり代わり映えしないんで、眠くなってくるよな」

「ちょっと。大丈夫ですか。運転代わりましょうか？」

「いや、いい。大丈夫だから」

陽光は降り注ぎ、水田が輝いていた。車通りもほとんどなく、一人きりだったら本当にうつらうつらしてしまっているだろう。

会話が止むと、車内に静けさが戻る。ハイブリッド車は走行音も小さく、路面を走るタイヤの音だけがゴロゴロと響いた。

助手席の未央は、しばらくスマホを見ているようだったが、ふと思い出したように声をあげた。

「やっぱりそうだ！」

考え事をしていた浩介は、不意を突かれて驚いた。

「なんだよ、急に。ビックリするだろうが」

「いえ、思い出したんです。この後伺うM技研の真山《まやま》部長、そう言えば先日お子さんが生まれたって言っていましたよね」

「あ。そういや確かに」

「お祝いとか持って行った方がいいんじゃないですか」

「だな。少し店に寄っていくか。助かったよ」

「いいえ――それに浩介先輩、マジでボーッとしちゃってたから」

どうやら未央は浩介の目を覚まさせるために、わざと大きな声を出したらしい。

彼はその気遣いを微笑ましく思いながらも、未央を睨む真似をした。

「逆にビックリして事故ったらどうすんだよ」

「ですよね。そしたら、わたし自身も怪我しちゃいますもんね」

「ったく。気をつけてくれよ」

浩介はたしなめつつも、心の中で感謝していた。やはりいい娘だ。気遣いながらも相手にそれを押しつけず、嫌味にならない。なかなかできることではない。

このとき彼が考えていたのは、例のマッチングアプリのことだった。未央が登録していることに気がついたのだ。プロフィール欄はまだ空白だったが、きっとこれから記入するのだろう。

浩介としては、未央を抱きたいのは山々だった。だが反面、彼女が誰とでも寝るような娘であってほしくないのも事実だった。


夕方、会社に戻ると、浩介は帰り支度をする未央に声をかけた。

「なあ、高崎。今日この後時間あるか」

「え……まあ、はい」

「ちょっと飲みに行かないかと思ってさ」

未央とペアを組むようになってから一月《ひとつき》余り、彼がプライベートで誘うのはこれが初めてだった。

「えっと……。どうしようかな――」

しかし、未央はためらう様子を見せた。断られることを予期していなかった浩介は慌てて言い繕う。

「いや、無理ならいいんだ。また今度で」

「いいえ、違うんです。あの……ぜひ行かせてください」

すると、なぜか未央も慌てて前言を翻《ひるがえ》す。いつも明るくハキハキしている彼女には珍しいことだった。

だが、結局こうして二人は飲みに行くことになった。浩介がアプリを通さず女性を誘った、生まれて初めての瞬間であった。

行きつけの居酒屋では同僚と出くわす可能性があるため、浩介は一駅離れた初めての店に彼女を連れて行った。

案内されたのは、ゆったり寛《くつろ》げそうな座敷席だった。

「へえ、割とよさそうな店じゃないか」

「ですね。メニューもいっぱいあるし」

「とりあえず乾杯するか」

「はい。すみませーん、注文いいですか」

まもなく注文したビールが届き、乾杯となる。

「じゃあ、今日も一日お疲れさま」

「お疲れさまです。乾杯」

「乾杯」

普段通りに言葉を交わす彼らだが、どこかぎこちなさがあった。仕事では二人で行動することも多く、とうに垣根は取り払われたと思われていたが、初めてのサシ飲みには妙な気恥ずかしさがあった。

特に浩介にとっては、緊張する理由があった。今日こそは、気にあるあれやこれやをハッキリさせようと思っていたのだ。

二杯目のビールに口をつけた頃、彼は切り出した。

「高崎ってさ、今年二十四だっけ？」

「はい」

「そっか……。お年頃ってやつだな」

「なんですか、突然。中年のオジサンみたいなこと言って」

つぶらな瞳で見つめられ、浩介は耳を赤くする。

「いや、なんだその――」

「なんですか。ハッキリ言ってください」

未央も何か感じているのだろうか。彼を真《ま》っ直《す》ぐ見つめ返してくる。

浩介は言った。

「高崎は、今付き合ってる男とかいるの」

遠回しに訊くつもりが、露骨な言い回しになる。

未央はすぐには答えなかった。持っていたジョッキをテーブルに置き、思い詰めたような顔で俯いてしまったのだ。

焦ったのは浩介だ。気に障《さわ》っただろうか。今どき会社の後輩に恋愛関係を尋ねるなど、セクハラと訴えられても仕方がない。

「いや、悪い。嫌なら答えなくても——」

彼が言い繕おうとすると、未央が面を上げて言った。

「浩介先輩は、女の子の気持ちをわかってない」

「え……？」

意外な返答に浩介は言葉を失う。未央の顔は真剣だった。冗談などではない。本気で怒っているのだ。

（違うんだ。俺が訊きたかったのは、そんなことじゃない）

浩介はよほど訴えたかったが、言葉が出ない。いつしか彼は本気で彼女に惚れていた。だから、アプリのことや何かをハッキリさせておきたかっただけなのだ。

気まずい雰囲気が二人の間に流れる。

「ごめん。余計なお世話だよな。今のことは忘れて――」

「違うんです」

「へ……？」

「わたし……。だって、浩介先輩が……」

未央のつぶらな瞳に涙が浮かぶ。もうこうなるとウブな浩介はどうしていいかわからない。

「悪かったよ。機嫌直して、な？　飲み直そうよ」

「浩介先輩は、わたしのことどう思っているんですか？」

「いや、どうって――。いい奴だなって」

「それだけですか？　ただのいい後輩ですか」

まだそれほど飲んでもいないのに、未央はやけにこだわる様子を見せた。

そして、心を決めたように言ったのだ。

「わたし、浩介先輩のことが好きです」

一瞬、浩介は言葉の意味がわからなかった。まさか彼女の方から告白されるなど想像だにしていなかったからだ。

一方、想いを明かした未央は饒舌《じょうぜつ》になる。

「最初は、ただいい先輩だなってだけでした。でも、一緒に仕事させてもらううち、『本当に嘘がつけない人なんだな』って。そんな男の人、わたし初めてだったから――」

浩介にも、徐々に彼女の言葉が染み渡っていく。にわかには信じられなかったが、二人は相思相愛だったのだ。

だとすると、つまらないことにこだわっていた自分が恥ずかしくなってくる。アプリに登録しているかどうかなど、どうでもよかったのだ。

「出ようか」

彼は言うと、会計を済ませて店を出る。

だが、このまま未央を帰すつもりはなかった。人気の少ない路地に入ったとき、浩介は立ち止まって言った。

「さっきはすぐに返事ができなくてごめん。仕切り直したかったんだ」

「いいえ、いいんです。わたしが変なことを言っちゃったから――」

消沈した様子の未央を見て、浩介の胸は締めつけられる。

「未央っ……」

彼は下の名前を呼ぶと、未央を強く抱きしめた。

「好きだ。ずっと前から、未央のことが好きだった」

「浩介せんぱ――浩介さん」

腕の中で未央が潤んだ瞳で見上げる。

浩介はその唇にキスをした。

「好きだ、未央」

「わたしも」

「このまま帰したくない」

思いは募り、浩介が思い切って言うと、未央もこくんと頷いた。


ラブホテルの部屋は豪華な造りだった。フロアは広く、天井には派手なシャンデリアが吊られている。まるでお姫様の寝室のようだ。女の子ならひと目見て感激しそうな洒落《しゃれ》たインテリアであった。

ところが、未央ははしゃぐどころか、緊張の面持ちで黙っていた。

それは浩介も同様である。だが、彼も男だ。これまでの経験も踏まえ、年上の自分からリードすべきだと思った。

「結構いい部屋だね」

彼は言いながらネクタイを解き、ベッドに上がる。

「未央もこっちにおいでよ」

「う、うん……」

すると未央もベッドに座るが、遠慮がちに距離をとっていた。

浩介の胸は高鳴る。未央がすぐそばにいる。仕事ではほぼ毎日一緒にいたが、それとこれとは訳が違う。

互いの気持ちはすでに確かめ合っていた。

「未央――」

呼びかけると、浩介は未央の肩を抱き寄せキスをする。

「ん――」

「好きだ」

心なしか、抱き寄せた肩が震えているように思えた。だが、愛しい女の唇は甘く、浩介は胸の内が震えるような感動を覚えていた。

そうして唇を重ねたまま、やがて二人はベッドに横たわっていく。

未央は目を瞑《つむ》ったままだった。

このままずっと離したくない。浩介の思いは募り、感動と欲望に駆り立てられる。やがて彼は舌を伸ばし、彼女の口中へと入り込んだ。

「未央。ふぁう……」

「んあ……」

すると、未央も逆らうことなく彼の舌を受け入れる。

浩介は夢中で愛しい人の舌を貪った。

「ちゅる……ふぁむ――」

ところが、未央の舌使いは妙に拙《つたな》いように思われた。身を固くして、懸命に応えようとするものの、どう振る舞っていいかわからないというような、曖昧な動きしかできないようだった。

どうにもしっくりこない感覚に、浩介は一旦顔を離した。

「未央――？」

自分が下手なせいだろうか。彼は不安になる。経験を重ねたといっても、しょせんは付け焼き刃であった。

しかし、潤んだ瞳で見上げる未央は言った。

「初めてなの……」

「え……？」

浩介は衝撃を受ける。言葉の意味を理解するのに少し時間がかかった。

未央は続ける。

「二十四にもなって恥ずかしいんだけど」

消え入りそうな声で告白する彼女は、普段とはまるで別人のようだ。

すると、未央はバージンなのだ。浩介はその意味するところを噛みしめる。つまり彼女は二十四年間守ってきた操《みさお》を今まさに捧げようとしているのである。

「うれしいよ、未央」

彼は万感の思いを込めて、可愛いおでこにキスをした。

「優しくしてね」

「ああ」

もちろんそうするつもりだ。浩介自身、感動で胸が詰まりそうだった。

手順はわかっている。マッチングアプリのおかげで、今や彼は自分がリードする側になっていた。

「綺麗だよ」

優しく声をかけながら、彼女の髪をかき上げ、うなじに唇を寄せる。

「ん……」

すると、未央は小さく息を吐いた。

甘いフローラルの香りに誘われて、浩介はうなじに舌を這わせる。絹のような肌はきめ細かく、自分のざらざらした舌がひどく無骨に思われるほどだ。

「ああ、未央——」

舌は首筋を這い上り、耳の裏を舐める。

「……あっ」

未央は思わずビクンと震えた。意外と敏感なようだ。

浩介は再び顔を上げて、彼女と見つめ合いながら、ブラウスのボタンを外していく。

「浩介さん……」

見上げる未央の顔は不安そうだった。

「大丈夫だよ。俺に任せて」

「うん」

やがてブラウスははだけられ、柔肌が露わとなった。

「わたしだけ、恥ずかしいよ。浩介さんも脱いで」

「ああ、もちろん。わかっているよ」

未央の頼みで彼は自らシャツとズボンを脱ぐ。

「ほら。今度は未央の番」

上半身裸になった浩介は、未央がブラウスを脱ぐのを手伝った。

「ふうっ、ふうっ」

彼女の呼吸が忙しなくなる。恥ずかしさと緊張で心臓が高鳴っているのだ。好きな男に愛されたくて、葛藤している姿がいじらしかった。

浩介の手はスカートにかかっていた。

「さ、お尻を上げて」

「うん」

ランジェリー姿の未央は美しかった。処女の体は色気に欠ける、などと言われることもあるが、少なくとも彼女の場合は違った。二十四年間、男の目に晒されることもなく、玉の肌はいつかの時を期して磨かれていたのだ。

そのいつかが今であった。

「あんまり見ないで。恥ずかしいわ」

一人、その価値を知らないのは未央自身だった。羞恥に頬を染め、少しでも男の目から逃れようとするように、自らを抱きしめるような恰好になる。

浩介はその腕を優しく解きながら、膨らみの上の方にキスをした。

「恥ずかしがることなんかない。とても綺麗だよ」

「ん……イヤ」

「大丈夫。ほら、腕をどけて」

彼は安心させるように声をかけつつ、ブラジャーのホックを外す。念願の乳房がついに拝めるのだ。

「ああ……」

ブラは取り去られた。しかし、未央は自分の腕ですぐに隠してしまう。

強引に引き剝がすこともできただろう。だが、浩介はそうしたくなかった。

「好きだよ、未央」

そこで彼は腕に隠れていない部分にキスの雨を降らせ、同時に手でなだめるように彼女の肩を撫でた。

「ずっと未央とこうしたかった」

「わたしだって──んっ」

北風と太陽では、太陽が勝った。ここでは浩介のソフトな愛撫が、彼女の頑なな縛《いまし》めを解いていったのだ。

「ああ……」

ついに未央は諦めたように腕をどけた。

まろび出た乳房はぷるんと震え、食欲をそそった。

「可愛いよ、未央」

浩介はピンク色の突先をそっと口に含む。

途端に未央は小さく喘ぐ。

「あんっ……」

「ちゅぼっ、レロッ」

可愛らしい声に興奮し、浩介は乳首を口中で転がした。そうしながらもう一方の乳房を手で揉みしだくのだった。

次第に未央の息が上がってくる。

「ハアッ……ダメ。イヤ――」

処女の本能だろうか、彼女は彼の顔を引き離そうとした。

だが、今さら浩介も後には引けない。ここは少し強引でも食らいつき、怖がる乙女の心と体を解き放つのだ。

「ちゅぱっ、るろっ」

そこで彼は乳首を吸いながら、右手を彼女の股間へやった。

パンティーの上から柔らかい土手をまさぐる。

「ダメッ……」

すると、未央は彼の手首をつかんだ。だが、それはとっさの反応であり、本気でやめさせようとしているわけではなかった。

浩介は溝に沿って秘部を愛撫した。

(これが、未央の大事なところ――)

柔らかな媚肉の触感が悩ましい。指先を埋めるようにすると、未央が喘いだ。

「はぁん、ダメぇ……」

相変わらず拒むようなことを言いながらも、その口調は甘く蕩けていた。

「ちゅぱっ、はううっ」

浩介は欲情し、やがてパンティーの裾から手を滑り込ませる。

「あっ……」

思わず声をあげる未央。そこはじっとりと濡れていた。

興奮はいや増していく。処女でも感じるのだ。浩介は彼女の耳元に顔をそば寄せて囁いた。

「可愛い未央のここ、食べてしまいたいよ」

「イヤ……浩介さんのエッチ」

未央は言うと、両手で自分の顔を覆ってしまう。

その隙に浩介は体の位置を変え、パンティーに手をかける。

「あ……ダメ――」

抗おうとする未央だが、その前に手早く脱がされていた。

秘密の花園は輝かしくも淫らであった。

「ああ、これが未央の――」

浩介は感動に打ち震えた。恥毛は薄く、切れ上がった小股の堤《つつみ》にそよいでいる。媚肉にくすんだところは微塵《みじん》もなく、裂け目をそっと押し開くと、ピンク色のラビアがぬらついていた。

「未央おっ」

たまらず彼は太腿の間に割り込んだ。

「あ……」

未央は息を呑み、慌てるが、男の劣情のなせる業《わざ》には敵《かな》わない。

浩介は股間に顔を突っ込んでいた。

「未央のオマ×コ、ピンク色でとても綺麗だよ」

「イヤッ……」

「エッチで、いい匂いがする」

「ねえ、浩介さんお願い――」

「俺、もう我慢できないよ」

彼は言うと、割れ目に舌を這わせた。

とたんに未央は彼の頭を押し返そうとする。

「ダメッ……。お風呂入ってないから、汚いわ」

「汚いことなんかあるものか。大好きな未央の大切な部分なんだ」

浩介は無我夢中で媚肉を舐め、溢れるジュースを貪った。

「あっふ。浩介――」

「未央っ、未央おっ」

一日活動した女の匂いに包まれ、浩介は幸せだった。処女だからと言って、未央は決して手入れをおろそかにはしていなかった。まだ誰にも触れられたことのない花弁は控えめに佇んでいるものの、悦びの泉はとめどなく溢れているのだった。

「べちょろっ、ちゅぱっ」

「あっ、んんっ」

未央は顔を真っ赤にして堪えていた。しかし、彼女の肉体は着実に女の春を迎えようとしていた。

「ハアッ、ハアッ。未央のオマ×コ、美味しいよ」

浩介は口走りながら、舌を這わせる。やがて包皮の半分被った肉芽を見つけ、口に含むと思いきり吸いたてた。

「みちゅうぅぅぅ……」

「んああっ、ダメえええっ」

とたんに未央は身を反らし、掠れた声で喘ぎを漏らす。

感じているのだ。浩介はさらに肉芽を舌で転がした。

「レロレロちゅぱっ、ちゅうぅ」

「あっ……んああーっ、浩介さぁん――」

処女を押さえつけていたタガは外れ、ついに未央の女が花開く。

「どうしよう、わたし――」

「気持ちよかったら、声をあげていいんだよ」

ついこの間まで童貞だった彼が、いまや導く側にいた。マッチングアプリで女たちと出会っていなければ、決してあり得なかったことだ。

すでに準備は調ったようだった。

「未央――」

顔を上げた浩介は、彼女の上に覆い被さる。

「いい？」

彼が意思を確かめると、未央はこくんと頷いた。だが、その顔に不安ととまどいの色は隠せない。

「痛かったら言うんだよ」

「ううん、浩介さんにだったら、何をされてもいい」

初体験という不安の最中にありながら、未央の決意は固いようだった。

その健気《けなげ》な姿に浩介は胸が一杯になる。

「未央。愛してるよ、未央」

「浩介さん――」

こうして互いの思いが通じ合ったとき、彼は肉棒を花弁に押し込んでいった。

「ふうっ」

「んんっ……」

思わず未央は目を瞑り、食いしばるような表情を見せる。

入口は狭いように思われた。ちょうど亀頭が埋もれた辺りで、引っ掛かるような反発が感じられた。

「うっく……」

「大丈夫？　痛い？」

無理をさせたくはない。浩介は訊ねるが、未央はかぶりを振った。

「ううん、平気。やめないで」

「わかった。じゃあ、行くよ」

彼女の思いを耳にして、浩介も覚悟を決めて奥へと突き進む。

「ふううっ……、全部入ったよ」

「ん」

未央は目を瞑ったまま短く答えた。やはり痛いのだろうか。浩介が挿入したまま考えあぐねていると、彼女がふと目を開けた。

「――意外と平気みたい」

「本当？」

「うん。もっと大変なのかと覚悟していたんだけど」

詳しい事情は不明だが、どうやら破瓜《はか》は事なきを得たようだ。

ホッとした浩介は、思わず彼女にキスをした。

「未央……」

「浩介――うれしい」

「俺もだよ」

名実ともに繋がった喜びに二人はキスで祝う。

やがて浩介は顔を上げて、慎重に腰を動かし始める。

「ふうっ……ふうっ」

「んっ……んふうっ」

抽送が始まっても、未央は平気なようだった。短く息を吐く姿には、苦しそうな様子は見られなかった。

一方、安心した浩介には悦楽が襲いかかっていた。

「ハアッ、ハアッ。あああ……」

破瓜は問題なかったとはいえ、やはり処女の膣はきつかった。ぬめりのおかげで抽送するのに支障はないものの、肉棒への刺激は強かった。

　その顔を未央が見つめている。

「浩介さん」

「ん。なんだい」

「わたし、浩介さんでよかった」

「何が——」

　彼が訊ねると、未央は首をもたげてキスしてきた。

「やっと女になれたんだもの。その相手があなたでよかった」

　なんといじらしく、愛らしいことを言うのだろう。浩介は生まれて初めて愛されることの喜びを知った。

「未央、もう君を離さないよ」

「離しちゃイヤ」

「未央っ」

　彼は抽送を再開した。溢れる想いを行為で示したのだ。これまでした経験は、全てこの日のためにあった気がする。

「ハアッ、ハアッ」

「あっ……んふうっ、ああっ」

すると、未央も喘ぎだした。もう先ほどまでのようなためらいはない。好きな男を受け入れられた、その悦びだけが彼女を花開かせていた。

浩介は息を吐き、太竿を抉り込む。

「ハアッ、ハアッ。あああ、締まる――」

相変わらず媚肉の圧力は強かった。腰を突き入れるたび、くちゅくちゅと愛液がかき混ぜられる音がした。

未央は紅潮した顔を反らせて喘ぐ。

「あああっ、浩介さん。わたし……あふうっ」

「俺の――可愛い未央」

無意識に浩介は彼女の体を抱き上げて、対面座位の体勢に持っていった。

向かい合わせになると、未央がまた唇を貪ってくる。

「浩介さんが好き。大好きよ」

「未央っ……」

ねっとりと舌を絡めた後、浩介は体を丸め、乳房にしゃぶりつく。

「びちゅるるるっ、ずぱっ……」

「んあっ、ダメ……はひいっ」

彼が口中で転がす乳首は、ピンと固くしこっていた。二十四歳にしてようやく破瓜を迎えた肉体は、今まさに百花繚乱と咲き乱れていた。

「ぷはあっ、ハアッ、ハアッ」

顔を上げた浩介は、懸命に下から突き上げる。

揺さぶられる未央も、いつしか自分から腰を動かしていた。

「あはあっ、ああっ。浩介っ」

「ああ、俺もう――イッちゃいそうだよ」

押し寄せる射精感に浩介が訴える。

すると、未央は言った。

「いいよ、きて。わたしでイッて」

「未央おおおっ」

愛おしさに頭がどうかなってしまいそうだった。浩介は呼びかけると、ラストスパートをかけようと再び彼女を押し倒す。

「んああっ、わたしも……」

仰向けになった未央もまた、虚ろな目をして悦楽に身悶えていた。

正常位に戻り、浩介はさらに激しく腰を振る。

「ハアッ、ハアッ、ハアッ、ハアッ」

「あんっ、あっ。イイッ、んふうっ」

「未央も……ハアッ、感じているの？」

「感じて――あひいっ、いるわ。どこかへ飛んでいっちゃいそうよ」

未央は全身を震わせながら、彼の背中に腕を回した。

「しっかりわたしを捕まえていて。離しちゃイヤッ」

「離すものか。愛しているよ、未央」

「わたしも。愛しているわ、浩介」

「うあああっ……」

熱い塊が陰嚢の裏から突き上げてくる。このまま全部ブチまけたい。

そのとき蜜壺がうねり始めた。

「はひいっ……イイッ。浩介えっ」

未央は掠れた声をあげて、彼の背中に爪を立てる。

「イッちゃう、わたしも――んああああーっ」

「おおおっ、未央おおおっ」

頭が真っ白になり、浩介はがむしゃらに肉棒を突き入れた。背中の皮膚に爪が食い込んでいるが、痛みなど忘れていた。

「イクよ、イクよ……ううっ、出るっ！」

「あああっ、イイイイーッ。イクうっ！」

浩介が射精すると同時に、未央も絶頂した。蜜壺の中に白濁は注ぎ込まれ、男女は愛の成就に凱歌《がいか》を上げる。

「うはあっ」

「イイッ……」

初体験の未央も一緒に果てたのだ。浩介は感動に包まれながら、グラインドを徐々に収めていった。

「ハアッ、ハアッ。未央——？」

呼びかけると、彼女は満面の笑みを浮かべた。

「浩介と一つになれたのね。わたし、うれしい」

「俺もだよ」

やがて浩介は彼女の上から退いた。肉棒が抜け落ちた後の花弁は、満足そうに白いよだれを垂らしながら、ヒクヒクと息づいているのだった。

「ねえ、浩介」

「ん？」

「今日は、このまま泊まっていかない？」

並んで横たわる未央は、上目遣いに甘えてくる。

浩介はそんな彼女が愛おしかった。

「いいよ。そうしようか」

「うれしい」

ベッドで抱き合う二人に、以前のような垣根はない。もはや先輩後輩ではなく、愛を約束し合った関係であった。

浩介はもはやどうでもいいと思いながら、改めてアプリに登録した件を訊ねたが、未央は「よくわからない」と言った。

「そんなアプリ、開いたこともないわ」

「そうなの？　ちょっとスマホ見せてみて」

「いいよ」

未央は悪びれもせず、自分のスマホを開く。すると、確かに例のマッチングアプリがダウンロードされていたが、一度も利用した痕跡はなかった。

推察したところ、どうやらＳＮＳに届いたメッセージのリンクを誤って踏んでしまったただけらしかった。彼女に登録した覚えはなく、プロフィールが真っ白だったのもそれで納得できた。

「そっか。なら、よかった」

「何なの、これ。ねえ、浩介も使っているの」

「使わないよ、こんなの。だって、俺には未央がいるんだから」

浩介は言って、未央を抱きしめた。実際、もう二度と使うつもりはなかった。しかし、アプリが幸せをもたらしてくれたのも事実だ。彼は心の中で玲子叔母に感謝するのだった。

（了）

※本作品はフィクションです。作品内に登場する
団体、人物、地域等は実在のものとは関係ありません。

ふしだらな裏《うら》の顔《かお》

〈書き下ろし長編官能小説〉

2023年4月20日初版第一刷発行

著者……………………………………………伊吹功二

デザイン………………………………………小林厚二

発行人…………………………………………後藤明信
発行所……………………………………株式会社竹書房
〒102-0075 東京都千代田区三番町8-1
三番町東急ビル6F
email：info@takeshobo.co.jp
竹書房ホームページ　http://www.takeshobo.co.jp
印刷所………………………………中央精版印刷株式会社

■定価はカバーに表示してあります。
■落丁・乱丁があった場合は、furyo@takeshobo.co.jp までメールにて
お問い合わせください。